銀色の青

笑い飯 哲夫

サンマーク出版

目次

ブックデザイン　井上新八
カバーイラスト　しらこ
本文DTP　天龍社
校正　株式会社鷗来堂
編集協力　新井治／樋口将規／眞鍋佑輔（株式会社よしもとクリエイティブ・エージェンシー）
編集　梅田直希＋池田るり子（サンマーク出版）

銀色の青

読み始めて、親指の爪が伸びていることに気づく。手を離してみると、どの爪も一様に伸びている。一刻も早く短くしたい衝動に駆られるが、その前に、この一枚だけは読み切ってしまおうと決意する。

引っ越しの荷造りをしていて、滅多に開けなかった本棚の下にある抽斗《ひきだし》から、ルーズリーフを束ねたファイルが出てきた。それは懐かしく、恥ずかしい自叙伝風の日記だった。

日付が一切記されていない、高校生のときに書いた文字の数々。おそらく時系列どおりに並べられていると思うのだけれど、一枚だけ、ファイルに纏《まと》められた束から抜き取られ、束の上にそっと載せてあった。引っ越しが落ち着いたら読むつもりでいた。抜き取られた一枚を読み終える。

新築の家には似つかわしくない古びたクッキーの入れ物に、古びた鉛筆やボールペンが雑多に横たえられ、その群れの中に爪切りは埋もれている。

左手の爪を切り終え、右手の爪に取りかかると、いつも自問する。なぜ右手の爪を後に残しておいたのだろう。しかしそんな疑問も束の間で、右利きの人間は無意識に右手で爪切りを持ってしまうのだから、左手の爪を初めに切るのは仕方ないのだと気づく。そして不器用な左手を駆使して、爪切りの先端を右手の爪に滑り込ませる。

やがて、二つ目の自問が頭を過《よぎ》る。前に爪を切ったのはいつ頃だったか。爪を切った過去の日時を覚えていないのはなぜだろう。カレンダーに目を遣《や》ったところで思い出せないので、そのままガラス戸に目を移す。夜を背景とした真新しいガラス戸は、スーツのまま椅子に腰かけた姿を跳ね返していて、それが自分だとは信じがたいほど凛《りん》としている。少し後退を始めた頭が、そろそろ髪を切る時期だと警告している。

前に髪を切ったのはいつ頃だったか。それは覚えている。坊主頭だったのはいつの頃だったか。それも、はっきりと覚えている。

爪切りの刃は、100円均一で買った代物だと甲高く喚《わめ》いている。まだ生活感のない壁のクロスは清潔な香りを放っている。

100円の施工であっても短く整った爪は清々《すがすが》しい。冷蔵庫から取り出した缶チューハイを苦心の末に開封し、口に含む。冷んやりとした炭酸が喉を通る。缶ジュースしか飲めなかったあの頃、回数でいえばどれくらい丸坊主にしただろう。綺《き》麗《れい》になった指の先端を眺めていると、それはあの頃の刈り込んだ頭にぼやけていく。

抜き取られた一枚のルーズリーフ

菜の花が咲く川沿いの細い道を、目を細めながら歩いていた。夕日が正面にあったせいで、ふと月は東に出ているのかなと頭に浮かんだものの、そんな首尾よくいくはずはないと予見しながら振り返ってみると、やはりそこに月はなかった。あるのは、時間が経って薄く広がった飛行機雲か自然発生の巻雲かよく分からないようなものと、その下方で向かってくる白い軽トラックだった。

記憶の本棚に納まっていた風景がすぐさま具現化されることを願っていても、なかなか思うようにはいかない。

「あれって小林一茶やったっけ、与謝蕪村やったっけ、ああ、もう」

画策の失敗は記憶の不安を誘発する。

おじさんが運転する軽トラックに道を譲りながら、夕日を浴びて赤みを帯びた雲に名残惜《なごり》しく目を遣ると、そのへりに、雲にしては不自然なほど美しい弧を描く白さを発見し、さて月ほど自然なものに対して不自然との観念を抱いたことに反省してから目を凝らしてみたところで、それが月なのか、不自然なほど美しい弧を描く雲の一部なのか、その正体はよく分からなかった。

求めてきちんと手に入るものなど、なかなかないのだ。

たとえ求めている対象が微々たる事物であったとしても、求めてしまったことによって、良い結果にはならない。

「今月からちょっとお小遣い減らしてええかな」

やっぱり。

残りのルーズリーフ

彼岸花は自分勝手なふりをして、道路の際で上手に列をなしていた。誰に育ててもらったわけでもないのに季節を察知して自ら芽を出し、なんていう哀愁を、まだ脳に浮かべられる感性はなかった。ただ、有毒だと聞くその花を、気の毒に思っていた。

家から駅までの自転車からは、彼岸花と頭《こうべ》を垂らした稲穂が。
絶対に座れない電車の中からは、彼岸花と見慣れた民家の群れが。
降車駅から学校までの徒歩では、彼岸花と眠い目をした大人たちが。

それら視界に入場する対象物が秋の朝を色濃くしていた。
そんな通学路で坊主頭の内部を駆け巡っていたのは、彼岸花への洞察ではなく、あの友達は自分に相応《ふさわ》しい友達なのかどうかなんていう考えごとで、でもそんなものは靴についた泥と一緒に下駄箱のところで置き去りにしていくものらしく、二年三組と書かれた札の下を通り抜けていつもどおりの顔を確認すると、結局はいつものお喋《しゃべ》りに勤《いそ》しむのだ。

朝一番の教室には、前日の放課後に施された清掃作業を思わせる純白さが漂っている。濡《ぬ》れた雑巾で拭《ふ》かれたけれど日没には乾ききったであろう黒板は新調されたように鮮やかで、埃《ほこり》の落ちた壁面の柾目《まさめ》や窓は澄み切った香りを放ち、寄せ木で市松模様になった床はひっそりと光を跳ね返していた。

「ちいす」

「ちいいす」

同級生どうしでも、輪に入ってくるときは挨拶をするのがこの学校の風習で、それはまるで校訓どおり、「友愛、礼儀、創造」の三項目を忠実に反映している気配すら感じられる。

卒業生のほぼ全員が大学に進学するような、それなりに偏差値が高い高校だけあって、校訓に裏づけられた校風をわざわざ覆そうという生徒はほとんどいない。

「昨日や、やっとあれ観れるわあってなってや」

「おう、観れたんか」

「ちゃうねん。夜やっとテレビある部屋で一人なったわあって思ったら、急におかん二階から戻ってきてや。もう、なんやねんって思って」

「ちいす」

「ちいいす。ほんで、なんやおかん台所で用事してたんやけど、しばらくしたらまた上行ってな。よっしゃ、寝に行きよった、一人なったわあって思って」

「ちいす」

「ちいいす、ほんでな」


この高校でなされる会話というのは、他の高校に比べるとおそらく上質のものだと予想できる。もちろん学問の話題もあるし、下世話な話もある。疲れることなんてない。好きな話をしているにすぎない。ただ内容が多岐にわたっているのだ。

例えば、好きな歴史的事象を、その同じ事象を好きでいる友達と話したり、それが終われば異性の体はどんなのがいいかなどという話に展開していく。そんな雰囲気を教室内でいくつか確認することができる。

「犬養の最期って知ってるか」

「ああ、知ってる。話せば分かる、やったっけ」

「お前、言うなよ。今からこれクイズにしよと思ってたのに」

「そうなん。ごめんごめん」

「ほな、数の子天井って知ってるか」

「え、なにそれ」


ただ中には、雨ざらしで朽ちてしまった椅子のような話をひたすら続ける者もいる。

「ああ、なんで日々こんなおもんないんやろ」

「ほんまおもんない。まあ学生やからしゃあないわ。勉強が生活の中心やからな」

「せやけど大人なったらなったで仕事やなんやでまたしんどいんちゃうか」

「まあ、社会人もだるいか」

「結婚したらしたで金いるやろ。子供できたらまた金いるやろ。朝の電車でもしんどそうなサラリーマンばっかりやんけ。満員電車乗って、働いて働いて、また満員電車やで。ほんで気ついたらもう定年や。なんにもおもろいことなんかあれへん」

別の話をしていても、夏の夜に飛び回る厄介な蚊のように、異質な音波は耳に飛び込んでくる。そうして、あれ、あいつ、結婚はできると思ってんねんや、という自然と胸に込み上げてきた嘲《あざけ》りを、現時点で相応しくないと思えばぐっとお腹に引っ込める。この感情を引っ込めるか引っ込めないかは、人に依《よ》るようだ。

「おい、清佐《きよすけ》」

今まで田中清佐の、昨晩ビデオを観ようとした話の聞き手だった宮崎弥太郎《やたろう》が、話の途中にどうしてもこれだけは伝えておきたいという表情を向けてきた。

「ああいうこと言う人間って、とにかく憂いたいんやろうな。世の中や行く末を憂うことが、おしゃれな生き方やと信じてるんやろうな。そうして、ああいうやつのほうが案外いい企業に入って、早いうちにしっかり結婚もして、実は末長く幸せな暮らしを送るんやろうな。そう思わんか、清佐」

「そんなもんかなあ。はあ。あ、ほんで、また居間で一人になれたわあって思って」

清佐は、自身も弥太郎も朽ちた話題の彼らと同じく憂えてしまっていることに気づいて、消極的な高校生活を送る羽目にならないよう、急いで元のいきいきした話題に軌道修正した。

清佐にとっては、同じクラスである弥太郎ほど脳内を占領してくる人間はいない。毎朝一度は、この人の性格は大丈夫なのか、と慮《おもんぱか》ってしまうのだ。しかし弥太郎とは一年から同じクラスで、休み時間の度に必ずなにかしらの話はするし、周囲の目には「親友」と映っているはずである。

清佐本人にとっても、最も時間を共有する男子という意味では弥太郎こそ「親友」だ。ただそれは所謂《いわゆる》カギカッコつきの、仮要素が強い「親友」だった。そしてそうならざるをえない理由の一つに、弥太郎が垣間見せるいくつかの気質が、清佐にはどうもすんなり受け入れられないというものがあった。

例えば、清佐が今朝の通学路で考えていたことといえば、弥太郎が人の話を聞くときのあの聞き方って大丈夫なのか、ということだった。殊に、恋愛や性事情が話題に挙がっているときには、話している者の目をしっかり射止めて聞いているように思うけれど、それ以外の話題なら、きちんと聞いているのかどうかが分からず、その対応もそっけなく感じるのだ。

「昨日テレビでトトロやってたやろ」

「へえ」

に対し、

「昨日テレビでラマンやってたやろ」

「うそ、まじで。観てないわ。録画してへんの」

と、スケベアンテナの施工が行き届いているのだ。

それは、チャイムが鳴ればすぐに忘れてしまうくらいの小さな引っかかりなのだが、清佐は種類にかかわらずなんでもしっかり人の話を聞こうと心掛けているし、聞いているという意思と自負があるので、やはりそこは気になってしまう。

ただ清佐は、そういう態度を見せる人間に対して、一概に「間違った人間」というレッテルを貼ってはいけないとも分かっているし、いちいちそんな細かいところを気にする自分こそ「間違った人間」かもしれないと省みる性分も持ち合わせている。

そうしていつも「親友」についての答えは出ぬまま、他に没頭できるなにかが勃興するまでの灰汁《あく》として、それは脳内を生々流転する。

なぜそんなに悩ませる者と清佐が友人の関係を保っているのかといえば、それは弥太郎が校内で提示している大人っぽさを、あたかも清佐が同等に内在させているかのように振る舞うためであった。弥太郎と「親友」だと誇示することで、クラスでの地位が上位に昇華させられるような気がしていた。

つまり、清佐は自身の内面に大人っぽさを宿していないと感じていた。それでいて、校内では大人だと思われたかった。

外見に関しても同様であった。坊主頭であることだけでなく、華奢《きやしや》な体型のせいで子供っぽく見られがちな清佐に対し、弥太郎は少し茶色づかせたさらさらの髪を後ろに流し、やや細身ではあるがこの学年の平均よりはあからさまに長身であった。

そんな弥太郎に清佐が優《まさ》っていることといえば、文学に関する部門だけだったのかもしれない。

また強いていえば、清佐は野球部に所属しており、対して弥太郎はどの部活動にも所属しておらず、そこに優劣はつけ難いが、日本ではメジャーなスポーツである野球に携わっているというだけで、清佐は微《かす》かな優越感を保っていた。

要するに清佐は、「弥太郎」と「野球部」にしがみついていた。


窓側から数えて二列目の席まで日光が届くよく晴れた日で、残暑が和らいだ快適な季節を、更に過ごしやすく輝かせていた。

そんな燦然《さんぜん》たる教室で交わされていたたわいもない会話は、たわいもない単語の山を生み出し、やや積もりすぎた単語の数々は、チャイムの音で弾《はじ》け飛んで教室内に散らばっていった。

「今日」は黒板の日付に、「時間割」は時間割表に、「女子」は女子生徒の顔に、各々の適所を見つけて貼りついていく。「おかん」はというと、弁当箱の中身に溶け込んでいったり、もしくはカッターシャツの折り目に染み込んでいく。

しかし、ここでの話題にはあまり出てこない堅苦しい馴染みのない用語は、いくら口から生み出されたとしても貼りついたり溶け込んだりする場所を知らず、中秋の頃に舞う臆病な蚊のようにいつまでもいつまでも頭上に浮遊する。

「はい日直」

「起立、きょうつけ、礼、着席」

「就中《なかんずく》、この単元は」


学習意欲の湧きにくい一時間目が終わり、しばしの休み時間になると、やり残したお喋りの続きが再開される。

「ほんでやな、小さいボリュームでビデオ観てたんやけど」

「うぃぃす」

「おお、ちぃぃす」

隣のクラスのベースが来た。ベースは清佐と同じ野球部所属で先発のピッチャー、所謂エース、つまり高校野球の花形を務めている。一方、清佐はファースト志望の補欠。野球部だからベースも同じ坊主頭ではあるのだが、その見栄えは威風堂々を絵にしたような風格を備えている。

体格はというと、これまた未だ中学生に間違えられる清佐よりも遥かに立派で、天に向かって直立する大杉のように据わった首が、息を吸い込みすぎではないのかと思ってしまうほど分厚い胸に繋がっており、その両側には、肉がしっかりと詰まったことによって短く見えそうなのにきちんと長く見える腕がついて、それらが仁王像のようにしっかりとした骨盤で構成された下半身に乗っている。

そういう体格だからか、声は低く、よく響く。

「なんや、お前らまたエロか」

「いやいや」

またという程ではないと感じた清佐は曖昧《あいまい》に否定したが、弥太郎は賛同した。

「まあな。清佐におすすめのビデオ貸してあげたから、それ観たっていう話」

「ほんでどうやってん。よかったんか」

「うん、まあまあ、よかったなあ」

「よかったんかよ。今度おれにも貸してくれよ。いやそんなんどうでもええねん。ちょお田中、100円貸してくれんか」

ベースは弥太郎のように清佐とは呼ばない。田中のほうで呼ぶ。

「え、100円か？　なんに使うの」

「うちのクラスに入院してるやつおってな、一人100円ずつ出してお見舞いのなんか買うらしいんや」

「でも100円くらいないのん」

「今たまたまないんや。ほんでこの休み時間にそれ集めとるねんわ」

「そっか。ちょっと待ってな」

ベースの依頼に対し、清佐はしぶしぶ黒エナメルの鞄からマジックテープだらけの財布を取り出した。外側のマジックテープを剥がし、内側についている小銭入れのマジックテープを剥がして、その中から100円玉を摘《つま》み出した。

顔を上げると、目の前にはベースの黒く逞《たくま》しい左腕が伸びていた。見慣れたそれには特に臆することなく、少し細めの親指と人差し指で摘んだ100円玉を、マメが何度も再生した痕が残る男らしい掌の上に置いた。

「オッケー」

掌を閉じたベースは、踵《きびす》を返すと上履きのスリッパをサーサーサーと鳴らしながら去っていった。

「え」

坊主頭の後頭部に向けられた坊主頭の細い口から、微かな吃驚《きっきょう》が漏れた。お金を借りたら、必ず借りた者からのお礼があると子供の頃から認識していた清佐だったから、そのぶっきらぼうな態度に直面した途端、あっけにとられたのだ。


「オッケー」だけか。

「オッケー」とはなんや。

「ありがとう」は。

いや、せめて「サンキュー」だけでも。

なんなら「サンクス」だけでも言ってくれないのか。

100円程度なら常識では礼を言わないものなのか。


頼りない疑問符がいくつも清佐の脳に貼りついた。

借りるだけならお礼を言わなくてもいいのかもしれない。借りるとは、返す未来があるから、元来お礼を言う必要がないのかもしれない。借りるのではなく、貰《もら》うとなればお礼が伴うけれど、借りるだけでお礼を催促するのは非常識なのかもしれない。

いや、借りることで貸した者の財産を一時的に減らし、借りた者は一時的に財産が増えるのだから、そうなればお詫びとお礼が必要なのではないか。

でもやはり100円ごときでは、そんなものは必要ないのか。100円を財産と捉えてはいけないのか。貯金額から100円が減らされたとして、その減らす原因となった者は、相手の貯金額をさほど気にしないのが世の摂理なのか。

いや、単純に100円であっても借りたら礼を言うべきだろう。

主観を通した更なる疑問符と、客観を通した妥協案が、瞬く間に清佐の脳を埋め尽くした。

「ほんで、どうなったん」

「ああ、ほんでな」

弥太郎の催促にそのまま乗っかることになり、微かな悩みごとはその事象ごと遠くへ追いやられた。

「ほんで、どうなったん」

チャイムが鳴って席に着いた清佐は、おそらく脳に貼りついたのであろう、少し前に弥太郎から発せられた言葉を無音で蘇らせた。

あの言葉があったから、ベースからお礼を言ってもらえなかった悔しい事象が遠ざかったのであり、また恥ずかしいほどの自らの女々しい性格に区切りをつけられたのであり、ということはつまり、弥太郎という友達はやはり正しい友達なのではないか、なんていう思考に脳を占拠されるのだった。

このように「親友」に対しての平和的な解決をみると、一旦そちらの灰汁はなくなり、また新たな灰汁が脳を襲う。

「あいつ、礼言わんかったな」

落ち着いていた清佐の体温がふっと上がり、顔に僅《わず》かな火照《ほて》りを感じた。

清佐は嫌なのだ。人に見下げられていることが。見下げられてお礼を言う必要のない人間だと思われることが。同い年なのに対等ではないという関係性が。100円を貸しても感謝されない存在に成り下がることが。

そんな不公平が清佐は頗《すこぶ》る苦手だった。

なぜそれを苦手としているのかといえば、自分の中にある劣等感がそうさせていることに間違いはないのだけれど、そんな劣等感が生み出した対等性への欲望を自分でも認めたくないし、もちろんその精神構造は誰にも気づかれたくない。

火照りを冷ます作用だったのか、清佐の身体は無意識のうちに鼻から勢い良く秋の空気を吸い込んだ。そして刹那《せつな》のうちにその行為を自覚した。しかし、鼻をすることによって鳴らされた「スー」の音は、微かではあるけれども教室内を浮遊しており、落ち着く場所を知らず、それによって周囲の関心を集めてしまったのではないかという新たな不安が頭を過った。

「考えすぎだよ」

そんなご先祖様の声が温かく脳裏に届いたわけではなく、清佐は自発的に「考えすぎだよ」と脳内で警鐘を鳴らした。

改めて考えてみると、重労働並みに思考力を費やしている原因は、たかが１００円であった。やがて歯を食いしばり、とりあえず今やるべき板書に集中することを決意した。

古典の授業は、清佐にとって得点源という以上に有意義な時間だった。古文における単語の一つ一つが現代語に様変わりしていく模様を、覆面レスラーの素顔を特別に見せてもらえたような心持ちで味わうことができる。

人のさま、若やかにをかしければ、御覧じ放たれず。とかく戯れ給ひて、「取り返しつべき心地こそすれ。いかに」とのたまふにつけても。

「取り返しつべき心地こそすれ」

ここはほとんどそのままだな、と清佐が現代語への変換に物足りなさを感じた途端、「取り返しつべき」と書かれた黒板に全意識が吸い込まれていった。

ああ、そうか、「取り返し」たらいいんだ、お金を借りておいてお礼を言わない者からは、すぐに取り返したらいいんだと、眼から黒板を突き抜ける一閃《いっせん》が走った。

そしてその光は、過去に「取り返し」と書かれた黒板の記憶を照らし、そのときの現代語訳は確か「初めに返って」ではなかったかという疑惑を脳内に染めていった。

清佐は急いでノートをめくると、案の定、数ページ前の「取り返し」の横には「初めに返って」と訳が赤い色で書いてあった。お礼を言わない者との関係は、初めに返ってしまえばいいんだと、古文による整合性で心の中は決意に向かっていった。

「明日すぐに返してもらおう」

わざと抑え込んでいた身体の火照りはほどほどに治まり、体温はその日の気温みたいに、季節の割には少し高めの心地よいものになった。

高校生ともなると、男子対女子という構図も薄くなり、休み時間には女子とのお喋りもする。むしろ、男子高校生にとって、心の底からお喋りを共有したいのは女子なのかもしれない。

「玲子《れいこ》、ちょっと白くなったんちゃう？」

「嘘や、どこがよ。まだまだ全然黒いやん。見てよこのへんとか。詩織《しおり》はええなあ、肌白くて」

「え、そうかな。でも詩織、そこそこ地黒やで」

「いや、詩織は絶対ちゃうって。そんなん地黒て言わへんって。そんなん、ええ、ええ、なんていうんやろ、地白やって」

弥太郎は実に自然な割り込みができる男だ。

「玲子は相変わらず語彙が乏しいな。なんやねん、地黒の反対が地白て」

「そしたらなんていうんよ、弥太郎君知ってんの」

「そんなんは清佐が知ってるもんな。なあ、清佐」

「知らんって。ええ、地白でええのんとちゃうん」

「せやんなあ。ああ、田中君はいい人。それに比べて」

女子から田中君と呼ばれることを、清佐はとても無念に感じている。しかし、どうしても女子との間に溝があって、殊にその溝は清佐自身が構築しているだけなのだけれど、悲しいことにその距離を縮められずにいる。

「あ、詩織。詩織の誕生日っていつやったっけ」

そんな大胆な質問を清佐から投げられるわけもなく、

「詩織の誕生日、三月三日やで」

こちらも、自分のことを「詩織」と言う詩織本人が答えたわけではなく、玲子のほうが先陣切って答えた。

「え、雛祭りやん」

「そう」

自信満々で異性の誕生日を探ろうとする弥太郎に、詩織は目を合わせることなく一歩引いた返事で受け流した。

清佐には、詩織が敢《あ》えてそうしたことが手に取るように理解できただけでなく、詩織の大きい瞳には弥太郎以外の二人が映っており、それを確認した清佐は少し優越感に浸ることができた。

しかし、優越感によって他人を怒らせるような失言はしてはいけないし、優越感から出る発言の全ては聞き手に甘受されないものだという真理も清佐は心得ている。「え、ヤードバーズ知らんの」と言われても、知らない者からするとそれは苛立《いらだ》ちを産出するための発言でしかない。

クラスの女子は男子とほぼ同じ人数で、そのほとんどが四、五人のグループを形成している。しかし玲子と詩織だけは、常に二人で行動していた。

その原因といえば、おそらくこの二人だけが、他の女子生徒に比べて少しだけ突出した大人っぽさを含有しているからかもしれない。そんな自然に連れ添っている二人だからこそ、また、誰に対しても大人の対応ができる二人だからこそ、他の女子生徒から妬《ねた》まれる雰囲気はない。

そして、同じく大人の雰囲気を含有する弥太郎がこの女子二人に近づく傾向があるのも、清佐にとってはすんなり納得できる。納得できるだけでなく、弥太郎と「親友」であるおかげで、魅力的な女子に近づけていることには感謝すらしている。

男女の関係でいえば清佐には全く釣り合わない女子二人であったが、清佐はなにか天の采配ミスのようなもので、この二人のうちどちらかが自分に好意を持っていないかと期待していた。

しかし清佐は、自身から真っ向に好意を持つのは烏滸《おこ》がましい行為だとして、特に目立った行動には出ず、烏滸がましくも女子のほうから好意があればいつでも恋仲になるのに、と密《ひそ》かに目論んでいた。

つまり清佐は、玲子と詩織のことが同じくらいに少し好きだった。

「なに」

随分まじまじと自身が映った瞳を見ていたようで、清佐は詩織から疑問を投げかけられた。途端に頬が火照り、束の間の優越感はなりを潜めた。

なぜこんなに下手なんだろう。いつも調子よく運よくが続かないのは、自分を取り巻く世界のせいだと思っていたけれど、もしかしたら自分自身にその一因があるかもしれない。清佐の脳にぼんやりと自責の念が生まれた。

そんな自責が特に生まれて初めての自責だったというわけではなく、今まででも多少なりとも反省の精神は心得ていたのだが、なんの打開策も添付せずただ自身を責めているだけだと自覚できたのは、清佐にとって初めてのことだった。

そして、なぜそれが今日という日なのかという成長期ならではの不安が生まれると、今まで教室内を輝かせていた日が雲の中に隠れた。

◆

翌日の通学路では、前日には見られなかったやや厚い雲が空を灰色に染めていて、彼岸花の栄華と対照的な色合いをなしていた。それが原因してか、彼岸花は粗悪な土壌の上に虚勢を張って、敢えて凛としているようにも見えた。

清佐が日課としている弥太郎への批判は、気がつくと弥太郎に対する些細《ささい》な優越感へと進化しており、しかしそれは一時的なもので、やがてどんよりとした空によって脳内はいつもの薄暗い批判に覆われていった。

結局は「親友」に思考の大半を埋められていたから、前日の100円に纏《まつ》わる考察から少し遠退《とおの》いていた清佐は、一時間目の授業でベースの顔に直面した途端、息が詰まった。

「あ、ちぃす」

「おう、うぃいす」

息を取り戻そうとしながらの挨拶が少々ぎこちないものになったのに対し、エースの大人びた声はなんの悩みもない余裕のあるものだった。

坂本當威洲《べいす》は、自身の名前に嫌悪感を持っており、これを物好きな名前とカテゴライズされることを極端なくらい拒絶する傾向がある。下の名前で呼ばれるのは辛うじて認めてはいるけれど、本音のところは名前をあだ名にされず、苗字か苗字を変化させたもので呼ばれたいようだ。

この名はただひたすら、父親が息子に野球をさせたかったがためにつけられたのであり、促されるままに本人も野球をやり、また名前負けだけは絶対にできないということで、少年野球時代から克己の精神で他人の何倍も練習をし、今のエースという地位に繋がっているのだと想像できる。

もし、當威洲の名をもってして補欠なんかであれば、これほど恐ろしい屈辱はない。もしくは、この名で映画研究部に所属していたなら、あ、こいつ小学校まで野球やってたけど、そこから全然上手くならへんからやめたんやろうな、というこれまた恥ずかしい推測を他人に抱かせてしまう。そんなことを考えながら、清佐は清佐という古風な名前に感謝した。

しかし名は体を表し、當威洲はそのまま野球の名手となり、一方、清佐は清佐たる人生であろうと奮闘している。いや、清佐とはなんだ。清佐とはなにをするべき名前なんだ。清佐とは補欠になるべき名前なのか。ベースのように左利きでもないのに、「佐」には「左」が入っているし。

視線を落とした先には、自身の体操服に縫いつけられたゼッケンがあり、そこには「田中」と書かれていた。「清佐」と書かれていなかったことに少しほっとしたのも束の間で、清佐は、みんなから「清佐」と呼ばれたい願望を思い出した。今、その願望を満たしてくれるのは、唯一、「親友」だけである。

しかし、過去の清佐に与えられた称号には尊いものもあった。

小学生の頃の清佐は、補欠ではなかった。

というのも、清佐は小学五年の春から、父の紹介で半ば強制的に少年ラグビーのチームに所属していたのだが、そのチームに所属していたのは小学四年以下が大半だったこともあり、一足先に成長していた脚力を活かし、一朝一夕でウィングとしての才能を開花させ、最終的に清佐は「点取り屋」と称えられていたのだった。

ところが中学に上がるとそこにラグビー部はなく、おそらく今回もヒーローになれるだろうという安直な下心によって野球部に入部し、そしてそれが致命傷となり、昨今の衰退へと導かれていった。清佐は、幼い頃に父とキャッチボールをしたことがなく、小さいボールを捕らえる技術が圧倒的に劣っていたのだ。

それでも、野球部である人生は有意義だった。

中学の卒業アルバムを開くと、野球部の集合写真には、レギュラーの部員に塗《まみ》れて仁王立ちしている清佐の姿があった。誇らしかった。写真自体にも他を凌駕《りょうが》する力があった。そもそも野球部という組織に力があった。

清佐はそんな誇らしい人生をただ送り遂げたいという思惑で、高校でも野球部に入ったのだった。

厚い雨雲が完全に日光を遮り、古い給湯室を不気味に照らす蛍光灯のような明かりが、清佐の体操服を惨めに浮かび上がらせていた。

一方、なぜか未だ日光を浴びたようなベースの体操服は、それ自体が日本代表ユニフォームのようにいきいきとしており、体格のせいで逆に小さく見えるゼッケンには、力強い「坂本」が勝ち誇っていた。

その日は一時間目から体育という、どうありがたみを感じればいいのかよく分からない時間割となっていた。身体が起きていないうちは、思うように肢体を動かすことができない。そこにいるほぼ全員の顔には、鬱屈《うっくつ》した表情が貼りついていた。

体育の授業は二クラス合同の男女別で行われる。クラスを跨《また》ぐと、やはり部活動の結束は優先される。

「田中、空やばいな。今日は放課後のクラブ、筋トレになりそうやな」

「そうかもしれへんなあ。めちゃ雨降りそうやもんなあ」

この高校の野球部は、雨が降るとグラウンドでのクラブ活動は休みとなり、代わりに校舎の濡れない場所で、腕立てや腹筋のトレーニングが行われる。

「お前、筋トレのほうが好きなんちゃう」

「なんでやねん、ベース以外に筋トレ好きなやつあんまりおらんやろ」

「おれもそんな好きちゃうって。え、お前なにが一番好きなんやったっけ」

「おれはこの体育のソフトボールが一番好きなんやて」

「あはは、あはは、そうやそうや、お前、体育のソフトボールが一番偉そうにできるから好きなんやったな」

「いやいや、誰が硬式野球は下手やねん」

実力的に三年間の補欠が確定すると、人は自虐という生き方を学ぶ。しかし自虐とは、自尊心を保持するためにも役立つものだ。いくらエースに馬鹿にされたとしても、清佐の精神は安定している。

その部分はいい。清佐はただ、あの部分が引っかかるのだ。

「あのや」

切り出した途端、清佐は黙った。言ってはならないような気がした。

今しがた和気藹々《あいあい》と言葉を紡いで笑い合っていたエースに対し、そして時折こうして補欠の自分と戯れてくれる崇高な存在に対し、たかが「100円を返してくれ」という発言など、今こそは不謹慎であり、脈絡と身分の釣り合いがとれていないような気がしたのだ。

清佐は、100円なんかよりもっと大事な時間や空間があるような見識に至った。またそれと同時に、この些細な発言によって、気の小さい自分が更に小さく見られてしまうのではないかと懸念した。

幸い、ベースは清佐の中途半端な切り出しに気づいていないようだった。

「次のバッター清佐やぞ」

三振した弥太郎の声にはっと我に返った清佐は、急いでバッターボックスに向かい、ファールを二回打った後、外野の頭を越える当たりを打った。

ベースが顔をくしゃくしゃにして笑っているのを横目に、清佐はホームベースを踏みつけた。

「あはは、あはは、はあ、お前ほんま体育のソフト得意やな」

「やろ」

「ああ、ほんで、さっき言いかけてたことってなんなん」

清佐は心臓を握り潰されたかと思った。なにかを言おうとしていた清佐の所作に、ベースは気づいていたのだ。

「え、いや、ホームラン打つで、って宣言しよと思っててん」

「あはは、いらんて、そんな宣言」

清佐は辛うじて誤魔化した。

その刹那、ああ、いけない、このままでは未来永劫「マイナス100円」という重荷を背負ってしまうかもしれない、と清佐は危惧した。

危惧した結果、みるみるうちに目の前が真っ暗になるような気がした。給湯室の薄暗い蛍光灯が遂に消えたと思った。

そうして清佐は、必ず数日中に解決させることを暗闇の中で頼りなく誓うのだった。

◆

弥太郎から詩織のことを好きだと清佐が聞かされたのは六月、二年次にいく高校生ならではの修学旅行から帰ってきた日の翌日だった。

野球部は中間試験の間も他の部活動のように休部になることがなく、夏の選手権大会に向けて通常どおりの練習をしていたこともあって、その日だけ二年生部員は放課後の練習が休みになっていた。

そんな特別な日に、帰宅部の弥太郎が誘ってきた。

「清佐、今日って部活ないやろ。誰と帰んの」

「なんも決めてへんけど」

それならばということで、弥太郎の提案によって、帰りは学校から駅に向かう道沿いにあるファミリーレストランに寄り道して、サラダバーを嗜《たしな》むことになった。


案外、清佐が弥太郎と二人で帰り道を歩くのは初めてだった。その道中での弥太郎はいつもより口数が少なかった。清佐はその現象を、ジェットコースターの列に並んでいる二人連れが、今から起こる恐怖に備えてそれぞれ頭を働かせて無言になっているような状況と同等に感じていた。

つまり、なんとなく「親友」との危機が待ち構えているような気がした。そして、そんな感情を覆い隠すかのように、いくら慣れた者どうしであっても、慣れない空間を共有すること自体が緊張感を齎《もたら》すのだろうと清佐は推測した。

赤茶色のレンガで覆われた外観はいつも目にするけれど、一度も入ったことのないファミリーレストランの中は閑散としていた。六人用のテーブルで清佐は弥太郎と対峙《たいじ》し、平日の中途半端な時間ということもあって客が少なく程よく広い店内を見渡していると、目の前にサラダバー用のボウルが出てきた。

相変わらずあまり口を開かない弥太郎に対し、清佐はこの好機を逃すわけにはいかないと意気込んで、即席の微笑みを作ってから口を開いた。

「なんでサラダバーだけなん。ドリンクバーだけとかやったら分かるけど」

「いや、ドリンクバーだけていうのもきついやろ。それやったら、安いしお腹膨れるし、サラダバーのほうがええやん。ほんで飲みもんなんか水でええしな」

さらさらの髪を頬の横で揺らしながら返してきたそんな文言にしても、歳の割にはリンスを念入りにしているおしゃれな弥太郎ならではのことだなと、清佐はほくそ笑んだ。そして安心した。

「さあ、いこか」

弥太郎の合図でサラダを取りに行き、無言で各々のボウルを満たし、遅れて席に戻ってきた清佐の目を引いたのは、テーブルの上に鎮座した、ほとんどがゼリーやコーンで覆われた弥太郎のボウルだった。

大人びている弥太郎のことだから、てっきりサラダ主体で盛りつけるのだろうと思っていたら、とてつもなく子供の食べ物みたいになっていた。

おかしくて顔がくしゃくしゃになりそうなところを必死で抑えながら清佐が席に着くと、弥太郎の低い声が飛び込んできた。

「お前、おれのこと嫌ってるやろ」

空気を止めてはいけないはずなのに、清佐の全身は硬直した。

それに反して心臓だけは、錘《おもり》を下げたメトロノームのように落ち着きなく振動していた。その刹那、清佐は全身がメトロノームの土台になって、無機質な心臓がはみ出して左右に揺れている雰囲気を夢想した。そして、メトロノームに水滴が付着し出したと思うと、現実の両脇から大粒の汗が滴り落ち、脇腹のところでズボンに染み込んでいった。

油断した頃に危機はやってきた。もはや、否応なく視界に入る、サラダとは名ばかりの子供じみたサラダボウルも笑えない。

確かに毎朝の通学路、そして毎晩の湯船に浸かっているときなど、清佐が一人きり

になるとよく目前の人物を懐疑的に裁いてはいる。でもそれは、確実に嫌っていると
いうのではなく、ただ裁いているにすぎない。そしてしばしば目前の人物は無罪にな
るどころか、免罪になることもある。

すぐさま投げられた疑惑を否定しなければならない、と清佐は焦った。しかし弥太郎はますます詰め寄ってくる。

「なあ、どうなんよ。嫌ってるんか。それやったら言ってくれ」

弥太郎の性急に詰め寄る形相は。もしかして。

清佐は「親友」に予め《あらかじ》失望してから、硬直を解して口を開いた。

「え、なんでそんなん思うん。嫌ってるわけないやん」

「それやったら教えてくれ。お前、誰好きなん」

やっぱりだった。弥太郎についていろいろ詮索していることで弥太郎に疑惑を抱かせたのではなく、単に好きな異性が同一であるかもしれないという疑いによって、そんな思いを抱かせていたに違いなかった。清佐の両脇は乾きはじめていた。

「え、なんで教えなあかんの」

一応、鈍感な人間ぶるのは清佐のお家芸だ。

「だって、お前、詩織のこと好きちゃうん」

「いいや、そんな好きではないよ」

「まじで」

「うん。かわいいとは思うけど、別に好きちゃうで。え、詩織ちゃんのこと好きなん」

「うん」

「そうなんや。知らんかった。ええやん」

目前の「親友」は吊り上げていた目元を緩めたが、そんな瞬間であっても、この人って好きな女子が一緒になったら仲悪くなると思ってんのか、と半解の友に対して清佐の胸は猜疑心《さいぎしん》で膨らんだ。

そして更に、こんな流れで自身の好きな異性を告白してくる大胆さに自身との大差を感じ、本当に弥太郎と連れ添う意味はあるのかと、胸の余白は懐疑の気持ちで埋め尽くされた。

「でもよかったあ。なんか変に悩んで損したわ」

そんな独善的な発言が清佐の耳に飛び込んでくると、次の瞬間には不可解さで顔が火照るのを抑えることに徹しなければならなかった。

「なんやねん、いつもその勝手な感じは」

これはもちろん清佐の口から発せられた言葉ではなく、ただ頭の中で唸っていた文言にすぎない。実際、清佐の口から発せられたのは、

「悩み晴れてよかったやん」

だった。

顔色の変化を抑えるべく、清佐はサラダを頬張りながら続けた。

「いつから詩織ちゃんのこと好きなん」

「いつやろ、先月かな。学校から帰ってるときに一回信号待ちでたまたま一緒になってさ、そっから一緒に帰ったんよ。そんときにすげえ話合うなって思ってさ。好きなテレビとか。あ、観てるドラマが一緒でさ。それですげえ話盛り上がってさ。あと、その後からなんやけどさ、なんかあいつとよう目合うんよ。もしかしたら、あいつもおれのこと、もしかして、っていうのもあってさ」

「弥太郎って、自分のことやったらよう喋るよな。ほんでなんかその口調、腹立つねんけど」

なんていうことは、清佐の口から発せられるはずがない。喋り終わった弥太郎は、

ゼリーにコーンが付着した食べ物を頬張っていた。

一気に子供っぽくなる弥太郎を眺めると、清佐は矛を向ける先を失いそうになる。いや、むしろ能動的にそうしたくなる。

「まあ、それは考えすぎかもしれんけどな。でももしかしたら、あっちも気あるかもしれんな」

「やろ」

「あ、ほんでやなあ、なんでおれが詩織ちゃんのこと好きちゃうかって思ったん」

「それは修学旅行のバスの中で、ウノとかしてたときに、なんか清佐が詩織とすげえ喋ってたように思ったから」

確かに、清佐の手前で詩織が連続してスキップを出したとき、詩織に対して明るく苦情を投げかけた一場面はあった。でも、それだけか、と何度も清佐の気持ちは右往左往させられた。しかし幸い、弥太郎を詮索している内面には気づかれずに済んだ。

清佐にとっては、そこが最も晒《さら》されてはいけない急所だった。

そんな「親友」を疑うほどの小さい男なんか、おそらく誰とも仲良くしてもらえないだろうし、またそれは野球部員らしくもないし、「野球部」という快活な団体名を背負っているからこそ、こうやって孤独を免れているのかもしれないのだから、とどのつまり決して小さく見られてはいけなかったのだ。

窓の外に見える水色の紫陽花が、一枚一枚の小さい花びらを寄せ合いながら、寄り合うことなどなにも知らないようなふりをして、静かに夕日を浴びていた。

◆

前日よりも日を浴びた彼岸花の通学路や、日差しがよくても日光が通りにくい下駄箱を経て、いつもどおり前方の戸口から教室内に足を踏み入れた清佐は、最後列にある自身の机に小さな封筒が置かれているのに気づいた。

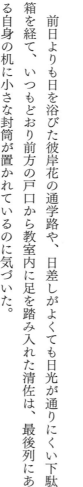

脳裏に貼りついていた願望は100円を返してもらうことだったらしく、真っ先に思いついたのは、これは100円の入った封筒かもしれないということだった。しかし、机との距離が縮まり、封筒の近影を目にすると、すぐさま期待は崩れ去った。

それは封筒ではなく、前日に配布された藁半紙《わらばんし》のプリントを四つ折りにしたものだった。余ったプリントを誰かが計算用紙として使ったのか、印字されていない面には細かい数式が隙間なく書かれていた。つまりそれは、いらなくなってそこに置かれただけのゴミだった。

その刹那、清佐の背筋に戦慄《せんりつ》が走った。ゴミを１００円だと思ってしまうほど１００円に執着していることに、恐怖感を覚えたのだ。

そしてその中和剤として、たかが１００円なんか戻ってこなくても大丈夫だと言い聞かさんばかりに、清佐は１００円で買える安価な商品を思い浮かべては、それをゴミ箱に捨てる情景を思い浮かべた。

例えば、通学路の途中にあるチェリオの自動販売機で１００円のジュースを買って、それをそのまま自動販売機の横にある空き缶用のゴミ箱の穴に入れるという行為を想像した。

滅多に行かないゲームセンターに入って、よく知らない難しそうなゲーム機に座り、１００円を入れてやり出したものの、僅か数秒でゲームが終わってしまう状況も想像した。

それによって、別に一回ジュースを丸々損したくらい、変なゲームに１００円入れてしまったことくらい、いつまでも気にすることではないし、１００円なんかそんなもんか、気にすることはないんだ、と脳に刻印させることに勤しんだ。

刻印させたと自覚できそうになった暁の清佐は、今の自分は100円を返してもらうのを諦めることに執着していたという、これまでの意志と矛盾する立場に引き下がったことを察知し、そうではなく、やはり迅速に、同い年のただ野球が上手で体格も良くて大人びている友人から100円を返してもらうことを決意した。

決意とともに、こんな細かいことにどこまでも苛《さいな》まれる自らに嫌気が差し、日焼けの残る唇の隙間からはまた一つため息が漏れた。


それにしてもベースは100円を返してこない。普通の高校生なら、借りた側から翌日くらいにはお金を返すはずなのに。

ベースに100円を貸したのは二日前。四十八時間は経っていないにしても、二十四時間以上は経っている。そう考えて、清佐はほぼ自動的に憶測を働かせた。

「ベースは今の時点で貯金が全くなく、次のお小遣いがもらえるまで100円は返ってこないかもしれない」

高校生ともなると、その生徒の親がどんな人物か知らないことも増え、家庭事情は棚に上げた推察となることが多い。

しかしその推察が正しいとなると、更に日数が過ぎ、ベースは借りたことを忘れ、何十日も経っているにもかかわらず、清佐のほうから「100円返して」と言う羽目になり、それこそ100円ごときを覚えている細かいやつというレッテルを貼られかねない。

心の小さいことを晒されたくない清佐にとって、このレッテルは屈辱の最たるものだった。


そんな思案が満ちたところに、弥太郎がやってきた。

「ちいす。あれ、清佐、なんか考えごとしてるんか」

「いや、別に。なんで、そんなふうに見えるん」

「うん。あ、好きな子でもできたか」

「いいや」

弥太郎の頭はそんなことしか浮かばないようになっているのかもしれない。それでも、正しく内面を覗《のぞ》かれなかった清佐は、程よく鈍感な友達に少し感謝した。

そんなときも、黒く快活な玲子と白く笑顔の素敵な詩織はいつもどおり楽しそうに話していた。清佐の席からでは会話の内容を把握することはできないが、声の緩急くらいは届けられた。

そして甲高い笑い声に誘われて清佐がそちらを一瞥《いちべつ》したとき、二人はこちらを見てなにか小声になって囁きはじめた。あれ、と清佐は怪訝《けげん》に思ったが、その直後、あ、と急に顔を赤らめ、不幸な空想に陥った。

今しがた弥太郎は、比較的大きな声で好きな子ができたかどうか聞いてきたのだ。そしてそのまま清佐は玲子と詩織を一瞥した。この状況は、もしかすると女性を変に意識させてしまったかもしれなかった。いや、そうじゃなくて、と清佐は弁明したい気持ちに駆られた。

しかし、清佐は実際、玲子と詩織の両方が気になって仕方がない。いってみれば、もしどちらかが交際してくれるのであれば、是非どちらとも交際したいのだ。そんな想いを寄せながら、安直に一瞥したことを悔いた。

なんでこんなに下手なんだろう、とまた清佐は自身の生活態度を反省した。気になっている異性がばれてしまうなんて、しかもその本人たちにばれてしまうなんて、生きていて最も恥ずべき行為をしてしまったと、すぐさまそこを逃げ出したい気持ちに襲われた。

「なんか顔赤ないか」

すぐさま弥太郎は指摘する。

「え、赤いかな」

「赤くなってるって。ほら、図星やろ。好きな子できたんやろ」

清佐は、クラスメイトの視線を集めそうなその冷やかしに困憊《こんぱい》し、目前の男こそこの場からいなくなればいいのにと苛立った。

意に反して弥太郎は、清佐の好きな女子を探るべく、首を回して教室内をわざとらしく見渡した。

弥太郎が教室内を見渡した瞬間、清佐は無意識にまた玲子と詩織の様子が気になり、なんの反省も活かせていない一瞥をした。そして、弥太郎が首を元に戻したにもかかわらず、清佐の目はまだこちらを向いた詩織の顔を捉えており、この一瞬の状況が弥太郎を怪訝にさせたのは当然であったかもしれない。

清佐の目線を辿った弥太郎は、ひそひそ話をする人がそうするように、膝を屈めて清佐の耳に口を近づけた。

「やっぱりお前、詩織のこと」

「ちゃうって」

屈めていた膝を元に戻した弥太郎は、興奮しているのか顔を赤らめていた。

「どうしたん、めっちゃ顔赤いで」

清佐からすると、それは冗談のつもりだった。先ほどこちらの顔色を指摘してきた本人に、全く同じ指摘をするという戯れで、笑い合う予定だった。

しかし現実は、弥太郎が無言でその場を離れていった。

それから弥太郎は清佐に喋りかけなくなった。

玲子と詩織に対しては清佐の中で余計な意識が生まれてしまって、清佐から話しかけることができなくなった。

いや、この状況に陥って、今まで自分から話しかけたことなど一度もなかったことに気がついた。


その日のクラブ活動中は、弥太郎のことで頭が満たされていた。でも、ベースの顔を見ると、やはり清佐の脳には100円のことが蘇る。

ベースはグラウンドの隅で豪速球を投げ続けている。それを横目に、清佐は全くレギュラーに昇進する希望のもてない守備練習に勤しんでいた。

こんなに運動神経の差があるのだから、100円なんか返してもらえないんだろうなあ。いやいや、それとこれとは関係ない。いや、運動神経に差があるからこそ、強者は弱者に優しくなければならない。だからベースから自主的に返してくれるのを待とう。いやいや、そんなことではいつ返ってくるか分からない。こちらから返してくれと言おう。いやでもそれは。

そんな生産性のない空想が脳内に生まれては消え、その日はいつも以上に清佐のグラブからボールがこぼれた。


帰り道、夏の盛りは過ぎ、日が短くなってすっかり暗くなった空には、一番星を筆頭にいくつかの明るい星が輝いていた。

そんな夜空の下で、いつものように野球部は同学年全員で帰っていた。いつもと違うところといえば、同学年のマネージャー三人も合流して、合計十五人の団体になっていたことだ。珍しく、正門を出るタイミングがぴったり合ったのだ。

しかしその布陣は、教室での一件がまだ色濃く脳に残る清佐にとって、少々気まずい状況だった。

「中田、この時期って普通は黒いのましになってくんのに、お前まだまだ黒いな」

「ほっといてよ。黒ではないやろ。どっちかいうたら褐色やろ」

「いや、お前の場合は黒に近いって」

確かに、暗がりに点在する街灯の下で浮き彫りになった玲子の横顔は、漆黒の光沢に近い輝きを放っていた。

野球部のマネージャーであり、清佐と同じクラスである中田玲子は、部員のみんなから好かれる存在だ。容姿は抜群に美人ということもないけれど、その笑顔にはとても愛嬌があって、それでいて男の会話にも堂々と踏み込んでくる、元気なツッコミタイプの女子だった。

「そういうベース君のほうが黒いで」

玲子はベースに対しても気を遣わず、誰に対しても平等にものを言う。清佐はそんな玲子と部員の会話を最後尾から羨望の眼差しで見つめ、教室での一件による気まずさを払拭《ふっしょく》するべく、自然な展開で会話に入る隙を狙っていた。もちろんベースに100円の返却を申し立てる機会も狙いに含まれている。

「あ、この自販機セブンアップ売ってる。ちょっと中田、110円貸してくれへん」

「なんなん、お金持ってへんの」

「今日、財布忘れてん。頼むわ」

「しゃあないなあ」

清佐は、そんなベースと玲子のやりとりを固唾《かたず》を呑んで眺めていた。またベースが人からお金を借りている。

刹那のうちに、清佐の脳はイメージトレーニングを始めた。

「ちょっとちょっと、ベース、またお金借りてるやん。あ、そういえば、おれからも一昨日100円借りてたよな。あ、100円ごときやから忘れてたわ。よかったあ、思い出したわ。ほんでなんなん、今日は財布忘れたんかあ。ほな今日はしゃあないなあ。明日絶対100円返してくれよ。あ、返せよ」

語尾は、同い年のしかもこちらは貸してる側だということを考慮して、語気を強めることに変更した。

しかし、その決意がまだぬかるんでいるうちに、やはり補欠からエースへの態度としては、丁寧にお願いしたほうがいいのかなという危惧が押し寄せてきた。

「セブンアップやっぱりうまいわ。中田、ちょっと飲むか」

「うん、ちょうだい」

「どう、うまないか」

「うん、おいしい。ありがとう。いや、私の金やん」

「え、なに、おごってくれんの」

「なんでそうなんねん。別にいいけど」

すでに自らの不毛な想像なんかどうでもよかった。それよりも、目の当たりにしている情景に対して羨ましいと思う気持ちが、清佐の中で圧倒的に大きくなった。

そして悔しくなった。

上手に切った爪のゴミによく似た月が、大きなまとまりからはぐれた頼りない雲にかかり、仄《ほの》かに明るんだその雲が、自身の小ささを明確に晒していた。

結局その帰り道では、清佐が玲子と言葉を交わす機会はなかった。

ところどころ薄皮がめくれた清佐の右手が、中古物件だと丸分かりな二階建ての門扉に触れると、まだ誰も帰っていないようだった。

勝手口から真っ暗な台所に入り、手探りで紐を引っ張って電気をつける。水道の蛇口からは数秒に一回、律動的に水滴が落ち、その水滴がシンクの容器に溜まった水と奏でる調べが、悲しく空間に響いている。

清佐は水道の栓をぎゅっと締めながら、前よりも忙しくなった母を想った。そして台所の椅子に浅く腰掛け、足を投げ出し、手をだらんとさせた。

「ああ、なんやねん」

思わず吐き出してしまった弱音が、そこだけ明かりの灯《とも》った台所に虚《むな》しく響いた。

そして食器棚のガラス戸に映った自身の顔と目を合わせ、今日あったことを振り返った。

「あいつを失ったんだ」

家に一人であるのをいいことに、頭に浮かぶ悲惨な状況を、現実逃避するべくドラマの主役になったつもりで声に出していた。ただ、心の中で思うときもあくまで仮要素の強い「親友」なのであって、すんなり親友と口に出すのは躊躇《ためら》われた。

「好きな女の子たちの誤解を招いたんだ」

「なぜ100円は返ってこないんだ」

ガチャ。

「ただいまどすう」

清佐の母は、有名なチェーン店ではないがそこそこ大きい駅前のスーパーで、レジ係のパートをしている。よく繁盛している上に長時間の立ち仕事で疲労は計り知れないのだが、いつも元気な声を清佐に届ける。

語尾は、清佐の母が精一杯ふざけようとして使うキーワードだ。これで清佐が笑ったことはないけれど、これのおかげで家の照明はもう一段、明るくなる気がする。

「今なんか喋ってへんかった」

「い、いいや」

「ほんま、なんか声してたで」

「欠伸《あくび》しててん」

高二の男子にとって、「親友」が離れていったことや、異性に嫌われたかもしれないことなど報告できるわけもないし、ましてや友達に100円を返してもらえていないなんて、母には情けなくて口が裂けても言えなかった。

また、母個人の苦悩を慮ると、母にとっての余計な悩みを増やしたくもなかった。

「はよ着替えておいでや」

「うん。今日はなに」

「マーボー豆腐どすう」

非日常の学校生活と対比する家庭の日常を耳から仕入れたことは、今の清佐にとってあまり心地よいものではなく、胸の内側がぐちゃぐちゃになった。

◆

翌朝、果てしなく幸せな夢をみていたせいもあって、それはただ玲子と二人で学校から帰っているシーンに過ぎなかったのだけれど、清佐の敷布団は汗でずぶずぶになっていた。現実世界に反比例して捻出された内容の夢に違いないのだが、それだけに目覚めたときの虚しさは絶大なものになる。

その虚しさに清佐はもう一度眠りに就こうかと閃《ひらめ》いたが、眠るにしては濡れすぎている布団にうんざりし、しぶしぶ起きることを決意した。

いつもより一時間半早く玄関扉を開け、いつもより涼しく感じられる道を自転車で走り、いつもより五本ほど早い電車に乗って、いつも見かけない通行人とすれ違い、学校に辿り着いても下駄箱のところは通り過ぎて、グラウンド横の部室に向かった。

清佐ら野球部員には、自主練習として朝練をする機会が与えられている。

全国高校野球選手権大会の県大会では、ほとんどの年が初戦敗退か二回戦敗退の高校だったので、さすがに県大会直前では朝練を義務づけられていたけれど、こんな秋の最中に全員参加の朝練を強制するような雰囲気はなかった。

外壁のペンキが剥げてセメントがほぼ剥《む》き出しになった部室の、刑務所の収監部屋を彷彿させるような重く錆びた扉を開けると、ベースが一人で練習着に着替えているところだった。

清佐は唖然とした。今まで、実力者のそんな努力に気づいていなかったのだ。誰よりも早く来て、いつもなにかしらの個人トレーニングをしているに違いないベース。結局は努力なんだと、自らを恥じた。

「お、田中、朝練来たんか。珍しい」

「ち、ちぃいす。ベース、いつもこんな早いの」

「まあな」

朝一番のベースは、瞼が少し腫《は》れ、子供っぽい顔に見えた。そのあどけなさが、より彼の努力を引き立てる要因をなしていた。

錘のついたバットを持って部室から出て行ったベースは、精密かつ豪快なフォームで素振りを始めた。

一方、清佐はというと、一対一で接触した相手に圧倒されていたせいもあり、まだ部室に入ってきたとき以上の行動を起こしていなかった。練習着を出そうと、ようやく肩に掛けていた黒エナメルの大きな鞄を下ろし、そのチャックを開けたときには、中に閉じ込めてあった匂いと記憶がぷーんと溢《あふ》れ出て、忘れていた清佐の口を自動的に動かした。

「あいつに100円貸してるんやった」

そして清佐は閃いた。今後、朝練に顔を出して、よりベースに近づき、ベースに対しての発言権を増幅させる。現状を打破するためには最も単純な方法だと思った。

もっと「友達」として仲良くなれば、どんなことでも言い合えるかもしれない。

その日の弥太郎は、教室内でいつものように清佐と戯《ざ》れ言《ごと》で遊ぶどころか目を合わせることもなく、休み時間となるとせっせと詩織のところにいき、詩織の前の、座る主がよく不在になる席に無断で横向きに座り、時折、遠い目をして詩織の気を引いているようだった。清佐は「親友」に距離を置かれているそんな状況においても、弥太郎が遠い目をした瞬間に、詩織がそれを視界に入れないように尽力しているのを滑稽《こっけい》に思っていた。

しかし、弥太郎が無視の主導権を握っていて、清佐に対して攻撃的な無視をぶつけてくる限り、それは清佐からすると話しかけることを遮断されている状況であるということにほかならない。どうにもこうにも清佐から接触するのは不可能だった。

それは、玲子と詩織に対してもよく似たことだった。前日の、清佐が一瞥したことによる二人の反応は、こちらから話しかけることができなくなるのには十分なくらいの不協和音を醸《かも》し出していた。

山本詩織は、野球部マネージャーの玲子とクラスの親友だ。詩織は常に玲子の陽気さを羨んでいる雰囲気があり、玲子は常に品のある詩織を褒め称えている。

二人とも清楚というよりはよく喋る明るい女の子に違いないのだが、詩織は玲子に比べて見た目も大人びていて、髪型は艶のあるロングヘアを日ごとにマイナーチェンジして美貌を演出してくれる。

一方、玲子のほうは、詩織に比べて子供っぽいところがあり、髪型も一律ショートヘアで、肌はこんがり小麦色に染まっている。会話をリードするのも、やはり玲子のほうがお得意な雰囲気がある。

そんな玲子は、弥太郎と詩織が交わしている好きなミュージシャンの会話が噛み合っていないことを察知したからなのか、二人の間に割って入った。

「二人でなんの話してんの」

これによって清佐は、「親友」のおかげで度々グループ化していた男女四人の会話からもはみ出した布陣となったことが明確になり、より一層、目のやり場に困る気まずい休み時間となった。


サー、サー、サー、サー、サー、サー、サー、サー。

そんな折、ベースが教室に入ってきた。

ベースが教室に入ってくるときはいつも、教室内の全員がその飛び抜けた威圧感に意識をとられる雰囲気がある。スリッパをサーサー鳴らしながら歩いてくるその太い左腕の先端には、なにかを握りしめたような拳が鎮座している。その拳は、玲子の前に差し出された。

「中田、ありがとう。昨日の」

清佐は、「中田」だけを聞いた瞬間、田中と中田は漢字一文字ずつをひっくり返した苗字なんだなと、過去に思いついてもよさそうな小事に初めて気づいた。

それは、今から起こりうる戦慄の事象に、羨望する光景が著しく上塗りされるからこそ起こった現象だった。つまり、ベースの口から「中田」ではなく「田中」と発せられていたら、昨今における最大の悩みは解消するはずだという、臆病者特有のご都合主義的浅慮から出た錆だったのだ。

窓側から二列目に座っている清佐は窓の外に顔を背けたが、その視界ではぎりぎり収まる右方の端に、惨憺《さんたん》たる光景が展開しようとしていた。それを直視したくない感情とは裏腹に、眼球の黒目が全部こめかみに隠れるほど、黒目を右側に寄せた。

「ええ、なにベース君」

「あ、これ。セブンアップ飲むときにお前、貸してくれたお金」

「あれ、おごらされたと思ってたけど」

「ええて」

「わたしも飲んだし」

「ちょっとやん。ちゃんと返すから」

「そしたら貰うわ。ありがとう」


マメだらけのごつごつした握り拳から滑り出た110円は、小麦色のかわいらしい腕の先にくっついた、柔らかそうな掌に受け止められた。

清佐の心臓は、もはや心臓自体がメトロノームになったのかと思うほど、激しく重たく振動していた。その振動音は清佐の耳にははっきりと届いていただけでなく、教室中に響き渡っているように感じられた。

それによって清佐は、囲炉裏の上になぜか飾られている魚のように教室の中央に吊り上げられた感覚に陥り、教室内の全員が魚のまぬけな顔を見て嘲り笑っている厄難を夢想した。そして下から上ってきた湯気が付着したのか、清佐の額は無数の水滴を生み出した。

清佐は嫌なのだ。

貸して礼を言われず、貸して返してもらえないことが。借りた人間が借りていることを覚えてくれているかどうかも分からず、自分より後に貸した人間が自分よりも先に返されるところを見せられることが。しかも違うクラスゆえにわざわざ移動しなければならないにもかかわらず先を越され、そしてその当事者同士にたとえ身分の差があったとしても、貸し借りで筋を通してもらえないことが許せないのだ。

玲子は掌の110円をスカートのポケットに入れ、また元どおり弥太郎と詩織の間で、誰も謗《そし》ることのない無難なミュージシャンの話題を繰り出した。ベースはというと、あのときと同じように踵を返すと、サー、サー、サーと教室を出ていった。

清佐の右側いっぱいに寄せられた目は限界を迎え、目であるにもかかわらず攣《つ》りそうになっていた。ぎゅっと目をつむり、その状態で目をぐるんとさせる。まず時計回りに三回、次は反時計回りに三回、そしてその次に、まだ目は閉じたまま、黒目を左のほうに限界まで押しやった。

そんな暗闇の中で清佐の耳に飛び込んできたのは、玲子の痛快な声だった。

「弥太郎君も詩織もやっぱりおもろいなあ」

清佐は、今しがた辛いことがあったところなのだ。

ベースに「返して」の一言が言えないばかりに、いや、言えないのではなく、言えないだけなら自分の気が小さいだけだけれど、そうではなく、相手の気持ちを慮ると言うのが憚《はばか》られるから躊躇《ちゅうちょ》しているのであり、いやそうでもなく、ただただ自尊心との闘いによって、自身の存在価値を損なわないために、なんとなれば１００円ごときを気にするやつなんて思われたくないから、でもそれは、結局は気が小さいということで、あ、気が小さいといえば、小学五年のときに家族で連れていってもらったお寿司屋さんのトイレで、「だめな人ほどいい人十箇条」というのが貼ってあって、その一つにあった「気が小さい人は、奥深くまで考えられる人」の一文を思い出し、ならばと勇気を奮いたてたところで奥深くまで考える力など今の自分は含有しているのかと、右往左往し、悲観的になっていた清佐だったが、そこに降りかかった玲子の素朴な歓喜は、十七歳男子の閉じた瞳をびしょびしょにさせたのだった。

囲炉裏の鍋はここまで湯気を出すのか、などと戯れ言を考えて微かな道化に努めたが、結果、清佐の頭は机の上にひれ伏した。

「そうか」

「うん。あれ、田中君って眠たいのかなあ」

「さあ」

弥太郎の返事はさておき、気を利かせた玲子の言葉に、嫌われていなかったことを察知して安堵し、それによって更に涙腺が緩み、閉じた瞼は涙で濡れた。そして、詩織からもなにか声を聞かせてほしいと切望した。

◆

翌日は朝から雨で、清佐は確実に朝練にいく必要のないことと、放課後の練習がなくなりそうなことに少し救われつつ、顔には残念な模様を繕っていた。

普段どおり起きて、普段より萎《しお》れた顔で台所に向かう。

「おはよう。今日はあんた絶対に朝練ないやろうし、お母さん早よ起きてしもたから、お弁当がんばってみたで」

「そうなんや。ありがとう」

ちらっと弁当箱を覗くと、よく見る卵焼き、ウインナー、ほうれん草のおひたし以外に、サイコロステーキ、海老のベーコン巻き、カニクリームコロッケがその中に安座していた。しかも、いつもは白ご飯をそのまま盛るだけなのに、紫蘇や鰹節をまぶしたおにぎりが六つ顔を並べていて、その全体図は三十六色入りの豊かな色鉛筆を彷彿させた。

いつぶりだろう。母がパートに出るようになってから、弁当は確かに質素になっていた。カニクリームコロッケの柔らかい食感を思い浮かべた清佐の口は、雨漏りする天井のように潤っていた。

今日中に雨はやむのだろうか。帰りの自転車も傘をささなければならないのだろうか。そんなことを考えながら、雫《しずく》を蓄えてなんとなく汗をかいた女性のようになった彼岸花に目を遣ると、どこからかやってきた金木犀の甘い匂いが鼻を突き、思春期の清佐は急激に恋人がいる人生を想った。

そういえばベースは一年のとき、玲子と交際している期間があった。確か一年ほど前のことだ。ベース本人は、成り行きでそうなったと言っていた。それから二ヶ月ほどで、二人は別れた。

交際中の二人が密かにどう呼び合っていたかは分からないけれど、野球部員の前では周りへの配慮なのか、二人はいつも「中田」「ベース君」と一定の距離を保って呼び合う。

清佐は少しだけ思春期らしい想像をした。たった二ヶ月でもそういう関係になるのだろうか。いや、キスはするのだろうか。未だ経験のない桃源郷に想いを馳せた。

そうして、恋愛における成長速度にもベースに対して敗北を感じ、脳裏にこびりついている100円がますますほど遠い存在に感じられてきた。

しかしその反面、女子との交際経験があるからこそ大人の感性を養っているだろうし、大人であるからこそ、借りたものはきちんと返すであろうと名推理が閃いたとき、学校の昇降口に清佐の足は届いた。

傘をたたんだ拍子に、雨の雫がそこかしこに飛び散り、その数滴が清佐のズボンに付着した。清佐はその僅かな水滴が生地に染み込まずに耐えている様子を見て、水滴と生地の相容れない関係性を思い遣った。

玲子や詩織の視界に登場したくなかったのか、清佐はいつもと違う後ろの戸から教室に入ろうとした。閉まっていたその引き戸を開けると、先に来ていた弥太郎と対角線上で目が合った。

清佐は弥太郎の顔を見た途端、今朝の通学路では不仲の「親友」に全く思考が向かわなかったことに気づき、囚われていた思考からの脱却を嬉しく思った。

さてしかし、この目が合っている機会を逃すわけにはいかないと考え、清佐はそのまま微かに口角を上げた。

弥太郎はポケットに手を入れ、ゆっくり清佐の席に向かった。清佐も当然、自分の席に向かう。二人は清佐の席で対面した。

「お前、エロいこと考えてるやろ」

この発言は弥太郎から差し伸べられた和解の匙《さじ》でもある。まさにこの機会を逃すわけにはいかないと、清佐は呼吸を整えてから答えた。

「うん、今日なんかずっとエロいこと考えてる」

清佐にはその後の沈黙が一分程度に感じられたが、実際は一秒も経たないくらいの逡巡だった。

「やろ。ははは、ははは」

「ははは、ははは」

ズボンに付着していたであろう水滴は、生地の中に溶け込んでいた。

その日の清佐は、以前にもまして詩織を素敵だと思った。また、玲子をかわいいと思った。詩織の束ねられた髪の毛を美しいと思った。玲子の顔にかかってしまっている短い髪の毛を妖艶だと思った。

そう思っていることを自覚し直した清佐は、瞬時に戦慄を感じた。弥太郎が詩織に惚れていることを知っていながら、詩織にのぼせているなんて、「親友」として絶対にやってはいけないことなのだ。

清佐は邪念を追い払うべく頭を振った。

「おい田中、どうしたんや。眠たいんか」

教壇から叱責が飛んできて、清佐は今後なにを思っても頭は振らないと意中で誓った。

昼食の時間は、学食に行くか、教室内で仲のいい者どうしが机を寄せ合って各々の弁当を食べるか、二種類の方法がある。

清佐の場合はというと、基本的に教室内で弁当を食べる方法をとっている。弥太郎の他に二人の男子とともに、計四人で集まって弁当を食べるのが恒例となっていた。

弥太郎以外の二人は二年になってから同じクラスになった軟式テニス部の男子で、彼らどうしには親しさが見え隠れしていたが、清佐にとっては一年間限定の「級友」であり、彼らにはいつも「飯友」のレッテルが貼りついていた。

その日の前日は、弥太郎と不仲になっていたことが理由だったのかどうかは分からないけれど、弥太郎自身は学食に行ってしまっていて、清佐にとっては三人での昼飯となっていた。だからこそ今日はどうなるか、清佐は弥太郎の行方を見守っていた。

とはいうものの、昼食の時間がやってくると、もうおそらく冷戦は終結したのだろうし、いつものように四人で集まって弁当を食べるつもりで、清佐はいそいそと鞄を覗いた。

鞄の中に、弁当箱はなかった。

即座に、確か小学校低学年のときに色鉛筆の入れ物を盗まれた切ない思い出が蘇った。結局、それはクラスメイトの机の中から出てきて、暗黙の了解で不問にふしたのだけれど、弁当なんか誰が盗むのか。

お腹の空いた子、お金のない子、嫌がらせ、そういう楽しみ、などと犯行動機の候補を挙げ、挙げ尽くした結果、清佐を襲ったのは再び表れた自責の念だった。

なぜ人のせいにしかできなかったのだろう。記憶を辿ってみることもせずに、なぜただひたすら他人が悪いと決めつけたんだろう。

十七年付き添ってきた自身の思考力を恥じた。そして記憶を辿った。するとその日の朝に、鞄の中へ弁当箱を入れたという紛れもない記憶など、微塵《みじん》もないことが分かった。

反対に表れたのは、ほぼ確実に入れていないという記憶だった。

「ああ」

清佐はなん日かぶりに吃驚を漏らした。

今日の弁当は、母が豪勢にしてくれていた。そんな母の愛情を置き去りにした。

生計を立てるためにパートにいかなければならないにもかかわらず、清佐よりも早く起きて精魂込めて詰め込んでくれた、あのカニクリームコロッケが入った豪華な弁当。母の優しい顔が眼前に浮かび、清佐はそこに跪《ひざまず》きたい衝動に襲われた。

「清佐、なにしてんねん」

脳天を打たれるようなその文言に清佐ははっとしたが、声の主は紛れもなく先ほど終戦を迎えた弥太郎だった。同時に、弥太郎が自分を誘ってくれたことは素直に嬉しかったのだが、弁当を忘れられた母の悲しそうな顔がそれを押し留めた。

「ごめん、おれ今日、弁当ないねん」

「そうなんや。学食行くんか。あ、お前もしかして、昨日おれがしれっと学食行ったから、今日もおれが学食スタイルになると思って、一緒に学食行けるように気遣ってくれたんと違うか。お前ええやつやなあ」

弥太郎の的はずれでありながら、こちらが微塵も悪い気がしないこの推測は、清佐のちぎれそうな感情を柔らかく包み込んだ。

「いや、家に弁当忘れてきてん」

「まじか、ほなおれらも学食行こか」

いいやつだった。

「ええな。たまには学食で弁当食べよか」

もうほとんど母のことを忘れてしまえそうになった。

学食は、清佐らの教室が入っている校舎の中ではなく、校舎から一旦外に出たところに、それ単体の施設として建てられていた。

おそらく校舎よりも古くに建てられたと一目見て推測できるような、年代を感じさせる一階建ての箱。周りに張り巡らされたガラス窓はどれもすんなり開かず、もはや生産されていないであろう鋼鉄製のサッシが、その全体的な古さを色濃くしていた。

清佐ら四人は、校舎を出て、小雨が降る中を傘もささずに小走りで学食になだれ込んだ。

ずらっと細長いテーブルが並んだ真ん中のほうでは、級友を従えたベースが、自分は持ってきた弁当を二時間目と三時間目の間の休み時間に食べて、昼食の時間はこうして学食の定食を食べるんだということを、声高らかに語っていた。ベースのカリスマ性はクラス単位でも健在で、級友たちは呆れた顔もせず、その食欲に感心しているという様相を呈していた。

清佐は自身の昼食を買うため、食券売り場に向かった。売り場には、何年前から使っているのか想像のつかないショーケースがあって、その中に洋食のA定食や和食のB定食、またカレーライスなどが並んでいた。清佐は財布の中身と相談するべく、ズボンのポケットから財布を取り出し、マジックテープをビリビリと鳴らした。見ると紙幣らしいものは一枚も入っておらず、小銭が320円入っているだけだった。月末が迫っていて、毎月末日にお小遣いが支給される清佐にとって、この日は経済的に苦しい状況だった。

定食は350円なので、清佐は定食を食べることはできない。仕方なく250円のカレーライスにしようと思った刹那、清佐は閃いた。今こそ、あそこに鎮座するベースに100円を返してもらえるチャンスだ。今なら正当な理由もある。

250円のカレーライスを食べたいけれど、今ここで財布の250円を使ってしまったら残りは70円となり、それではクラブ終わりに110円のジュースが飲めなくなってしまうから、今あと100円ほどあれば助かるのだがというところで、ちょうどたまたま学食にベースがいて、ベースの顔を見たら、ちょうどたまたま先日100円貸したのを思い出して云々。

これらのことを全て説明して返してくれと進言するのに、不自然なところはない。

清佐の心が躍り出した。

清佐は一旦列からはずれて、ベースのもとへ生えた根を千切るように足を運んだ。

すると、案外ベースのほうが先に清佐の存在に気づいた。

「おお、田中、ういいいす」

「ちいいす」

「今日もクラブなさそうやな。お前、もう顔が嬉しそうにしてるぞ」

清佐はバットで膝の裏を打たれたような気がした。今日は雨だったのだ。雨の日は放課後の練習は筋トレとなり、筋トレであればそんなに遅い時間にはならないから、帰り道でジュースは必要ないというのが定石なのだ。110円が欠乏している未来が崩落した。請求に対して根拠の整った状況ではなくなった。

「いや、嬉しそうにしてへんやろ」

裏腹な答え方をした後味で再確認できたことだが、ベースが嬉しそうにしていると認識したのは、クラブの練習がなくなるからという彼方《あちら》の暫定なのだが、此方《こちら》の真相は、100円が戻ってきそうな近未来への喜びが溢れた表情だったんだろうと、清佐は途端に恥ずかしくなり顔を赤らめた。

　正式な理由がなくなってしまえば返してくれと言う因果もなくなってしまい、清佐は火照りを払い笑顔を作って、食券売り場の前より短くなった列の最後尾に戻った。列に並びながら、以前よりも取り立てる意志が弱くなっているのでは、と塞《ふさ》ぎ込んでショーケースのカレーライスを覗くと、その上に虚構の微笑みを浮かべる清佐自身がぼんやりと映っていた。ショーケースのカレーライスが蝋で作った虚構のものであればそんな観念の厄災は防げたのであろうが、そこに置かれていたのは、実際に食べることのできる正真正銘のカレーライスにラップを被せたものであった。その上に虚像として映った清佐の、更に虚構を尽くした醜い笑顔は、世界に存在するものとは思えなかった。

　値段の割においしいのか、値段を凌駕しない味なのか、どちらともとれるカレーライスを食べ終わり、清佐ら四人は、会話が最高潮に盛り上がるベースらを横目に学食を出た。

　さて、出口のところで清佐の華奢な背中が全面に浴びていたものは、ベースの低い割によく響き渡る笑い声だった。そして、

「あ、おい、田中」

決して慣れることのない喪失感に包まれていた清佐の耳をついたのは、ベースの呼び止める声だった。

「今日、雨止みそうやな」

人の感情をどうしたいのだろう、と清佐は胸中で苛立った。

雨が止んだらクラブがあって、クラブがあったら帰りにジュースを買って、ジュースを買うなら今お前に、と、瞬時に絵空事を浮かべたが、こちらのそんな奥深い内面がベースに伝わるわけもなく、そうなればお得意の道化が表面に染み出るのだ。

「いやあ、これは止まんやろ」

「はははは」

学食に低い笑い声が響いていた。


結局、その日は通常どおりの練習となり、清佐は昼の計画が破綻した痛手と、ぬかるんだグラウンドでの練習自体の辛さで、精神的にも肉体的にもめげていた。

そんな折、マネージャーの玲子から話しかけられたことは、清佐にとって二重の意味で励みとなるはずだった。

「今日しんどそうやで、田中っち」

二度と喋ってもらえないのではと思っていた玲子から不意に声をかけられ、嬉しく思ったのは一時のことだった。清佐は「田中」と呼ばれるのを良しとしていないし、「田中っち」は「田中君」よりも親しみを込めて捻り出されたあだ名なのであろうが、そのあだ名は「田中」が暴走していく模様を含有しており、それによって今まで以上に清佐の内側と玲子の外側が離れていくように感じられたのだ。

「そうかなあ」

「うん、なんかいつものき、あ、田中っちと違う」

こんなに向かい合ったことが過去にあったかな、と呑気なことを考えて、対面する玲子をかわいいと思い出した頃に、口走られた「き」を熟考した。

玲子は確実に「清佐」と呼ぶつもりでいたのだ。だからこその「き」に違いないのだ。そこを強引に「田中っち」に捻じ曲げたのだ。

これは、将来的な「清佐」への可能性を秘めていて、多少は嬉しいことではあるが、清佐と玲子の関係性がまだそこに及んでいないことも物語っていて、清佐は一段と悲しい気持ちになった。

「玲子ちゃん、清佐って呼んでよ」

家に帰り、湯船に浸かっていた清佐は、小さい声で唱えた。その音量に、自分は蚯《みみ》蚓《ず》になったのかと感じ、蚯蚓から連想したのか自動的に下を向くと、こんな状況で膨らまなくてもいいものが、少しだけ膨らんでいた。

お風呂から上がると、清佐は母に謝罪をした。母は笑いながら少し小言を口にしただけで、感情的には全く怒っていない雰囲気を醸し出してくれていた。その日の晩飯は、冷めてもおいしい弁当となり、あらゆる出来事を思い出しながら食べるその味は、清佐の瞼をやや湿らせた。

耳からにしろ口からにしろ、体内になにかしらの愛情を仕入れることによって、目からは水分が押し出されるのかもしれない。

最後に残しておいたカニクリームコロッケを口に含むと、そのおいしさと優しさで、清佐の瞼は一つの雫を形成するほどに潤った。その雫が零《こぼ》れ落ちるのを恐れた清佐は、さりげなく顔を上に向けた。少し澱んだ視線の先には、雨漏りしたような跡の残る天井があり、そこから滴り落ちた涎《よだれ》が目の中に溜まっているのだと思えた。

清佐は部屋に戻り、今後の戦略を練ることにした。もちろん、ベースから100円を奪回する戦略についてだったが、念頭に浮かぶのは玲子のことばかりだった。

しかし数分後、そんな自分を冷静に俯瞰《ふかん》で眺めるに至った暁には、たった100円のことで思い惑う小さい人間から、少しは大きな人間に成長したような気がして、自らを逞しく感じることができた。そして、そんな人間でありたいと願うようになった暁には、右上がりの物体に逆向きの摩擦力が働くように、今度はまた100円を取り戻したいと思うようになった。

清佐は、そんな自分がつくづく嫌になった。そして、自分の不幸は、どんな他人の不幸をも上回るだろうと仮想した。

結局なんの解決策も浮かばずに、夜は終わった。

◆

翌週の朝、鞄の底に弁当箱が安座していることを念入りに点検した清佐は、今までにないくらい感謝の念を抱きながらカバンのチャックを閉めた。

「ごめん、これ渡すの忘れてた」

母の細い指に挟まれていたのは、お小遣いの2000円だった。清佐は、唯一の収入源であるそれを丁寧に受け取り、もう一度感謝をしながらマジックテープの財布に入れた。

「いってきます」

週末の雨雲は既に遠く離れたようで、空は全面がプールで覆われたような水色をしていた。そんな晴れやかに澄んだ駅までの道中、近くの畑でなにかを燃やしているのか、微かに煙の臭いが漂っており、見慣れた彼岸花は、前まで放っていた赤の艶を落ち着かせ、そろそろ終焉を迎える準備を始めていた。

「この彼岸花が完全に枯れるまでに、100円を返してもらおう」

清佐は気づいた。昨今の100円に纏わる混沌は、彼岸花の開花時期から始まったのだ。ならば、彼岸花の枯死は混沌からの脱却にふさわしいはずだ。

そんなことを考えながら俯き加減で自転車をこいでいると、目下では、一つの栗が木から離れて道端でじっとしていた。トゲトゲの殻に包まれたそれは意外と大きく、どっしりとしており、見る者にその質量を不可解にさせた。清佐は思わず自転車を止め、しゃがんでそれを拾った。

「痛っ」

清佐の手から栗は滑り落ち、再び道路上に戻った。清佐は、自分の鈍感さに対する情けなさと、痛みを受けた悔しさで、その栗を蹴り飛ばそうとした。しかし、今しがた崇高な決意をしたところなのだ。崇高な決意をした者が、そんな愚劣な行いをしていいはずがなかった。

清佐は、もう一度しゃがんで、落ちた栗を拾った。

「痛っ」

手から栗が離れるとともに、なんて間ぬけなんだろう、と清佐は自身の思考回路を憂慮した。

早朝に似つかわしくない一羽の鳥が、大声で鳴きながら畑から飛び立った。

その日は珍しく、下駄箱のところで詩織に出くわした。

しばらく話せていなかった詩織との対面に清佐の全身は一気に緊張したが、それでも話しかけてほしいと瞬時に願った。詩織は髪を高い位置で束ねており、そうすることによって露わになった耳や頬は、より一層、清佐を硬直させた。

詩織は優しく清佐に微笑みかけた。

「おはよう」

「お、おはよう」

些細なことを気にしてなさそうな詩織は大人っぽく見えた。

「田中君、朝練は」

「き、今日はちょっといってないねん」

「坂本君はいってるんやんな」

「ベースは毎日いってると思うで」

「偉いなあ」

話せたことで高揚しかけていた清佐だったが、軽く小言を言われた雰囲気に対しては丁寧に戸惑った。

「田中君って、坂本君と仲いいの」

「う、うん。まあ」

特に仲が悪いわけでもないので、この返事が最適かと思われた。その直後、詩織はなにかを言いたげな表情をしていたが、清佐は自分以外の男子の話を女子から聞くのは苦痛なので、特に深追いもせず、その雰囲気を受け流した。

とはいうものの、詩織が先にその場を離れた瞬間から、一体なにを言いたかったのかについての空想が清佐の脳内で開始された。

また、自分以外の男子の話を聞きたくないという自分勝手な性格と、他の男子の話題から別の話題に移す技量のなさを素直に悔やんだ。

教室に着くと、いつものように各々が決まったかたまりを形成し、いつもどおりの顔を貼りつけて各々の話に勤しんでいた。そんな中、清佐の耳を突いたのは、朽ちた話をする男子二人組の会話だった。

「今日もおもんないな」

「せやな。でも、ちょっとおもろいクイズ仕入れたで」

「別にええって」

「ちょっと聞いてや」

「ええって。どうせおもんないもん」

清佐が黒エナメルの鞄を机の上に置いたとき、一つの椅子が倒れる音がした。椅子を倒したのは、二人組のうちの一人だった。

「おい、お前な、いつもいつもなんやねん。それかっこええと思ってんのか。そのやる気ないのが渋いと思ってんのか。いつもは付き合ってやってたけどな、実はな、それな、ださいねんぞ」

清佐はもちろん、清佐以外のクラスメイトも驚きを隠していなかった。そして誰もが敢えてそちらに顔を向けるわけではないけれど、その行方に耳を傾けていた。

清佐も席に着き、鞄の中に探し物があるんだというふりをしながら、耳だけは研ぎ澄ませていた。しかし、ふりに過ぎない探し物であったにもかかわらず、清佐はその中に傾いた弁当箱を発見し、以前よりも大切になったそれを水平に置き直した。

そんな僅かに集中力が途切れたところで、罵倒された側の大声が響いた。

「なんやと」

あいつあんな声出るんや、と清佐は冷静に感受した。

「ほら、お前やる気ないふりしてるくせに大きい声は出るやんけ」

清佐は叱咤側の「ふり」を耳にした途端、自身の耳が赤くなっていくのを察した。

なぜなら、今しがた鞄の中を覗く「ふり」をしていたのは清佐なのであって、しかも、貸した100円のことなど気にしていない「ふり」をしているのも、清佐自身に他ならないからだ。

「ふり」をすること全般が卑劣なように感じられた。

既に教室は静かに騒然としていた。つまり、見守っていた。

「自分に嘘ついて、ほんまはもっと弾けたいのに、でも弾けたら失敗したり弱さを見抜かれたり、そういうのが嫌でずっとやる気ないふりして、それで傷つかんようにしてるだけやんけ。嘘ばっかりつくなよ」

その一言一言が清佐の耳をより赤らめていき、火照り過ぎた耳は、追い焚きする湯船のように脳みその温度を上昇させていった。

こんな端的かつ的確な言葉で、しかも自分に向けられた言葉でもないのに、なんと的を射た叱責なんだろう。清佐は感心にも似たものを感じながら、誰にも理解されない、どうしようもない恥ずかしさに襲われていた。

しかし、ちょっと待てよ、と清佐は危惧した。

自分はあの叱責を受けているやつと一緒なのか。自分は野球部であいつは帰宅部だし、自分は女子とも喋るけれどあいつが女子と積極的に談笑しているところは見たことがないし、補欠という弱さを晒しても挫《くじ》けていないはずだし、練習で失敗しても傷ついてないはずだし、そんなはずだけど。

いいや、傷ついてるよ、挫けているよ、女子と喋りにくいよ、情けないよ、一緒だよ、と数秒前にも増して悲観的になっていった。それは、一旦膨らんだ風船が吹き口を解放した瞬間に萎んでいくような精神構造をなしていた。

また、あいつは100円を誰かに貸して返ってこなかったら「返せ」と言えるのだろうか、という新たな空想の風船が膨らんだ。そして、あいつは言えるであろうとの見解が膨らむと、清佐は無理矢理その風船を萎ませることに尽力した。

内面世界を東奔西走する清佐に対し、外の世界で動いていたのは弥太郎だった。当事者二人のもとに歩み寄り、双方の肩を軽く叩いていた。

「そのクイズ出してや」

弥太郎の大人びた声が微かに教室内を占領すると、再び教室内はいつもの賑《にぎ》やかさを取り戻していった。そんな一連を締めくくったような場面を、玲子はいつも以上に顔の艶を放ちながら注視していた。清佐は、なぜかそれらが全て夢であってほしいと願った。

おそらく教室内で、未だ耳を向ける方向に転換の機会を与えていないのは清佐だけだった。「親友」の見事な仲裁に、大人になるための教材を求めていたのかもしれない。

「一枚五グラムの硬貨があります。それが百枚入った袋があります。そんな袋が九個あります。もう一つ同じ袋があって、そこには一枚六グラムの硬貨が百枚入っています。この合計十個の袋のうち、ハカリを使って一枚六グラムの硬貨が入った袋を見つけたいのですが、見つかるまでにハカリは最低何回使わなければならないでしょうか」

「ほう、なるほど。ええクイズやな。な、ええ問題やな」

弥太郎は罵倒されていた側に同調を求めた。

「うん」

既に教室内は、各々が各々の会話に勤しんでいる様相を呈していたが、その返事には全員がきちんと反応を示していた。清佐もしっかりと返事と問題を聞いていたので、ほっとするとともに自ずとクイズに対して頭を回し始めた。

確かにいい問題だ。

「分からんわ。答えなに」

こういうことに対する弥太郎の根気のなさに感心した直後、先ほど教室の中で最も蔑まれていた男が再び口を開いた。

「おれ分かったで」

「え、すげえ」

「二回やろ」

「違います」

清佐は、おかしくておかしくて仕方がなかった。

今しがた、彼は堂々としていたのだ。頗る自信に満ちた口調で、「おれ分かったで」と宣《のたま》ったのだ。それなのに間違えている。清佐の頭の中を、「おれ分かったで」が奔走し、しかし嘲り笑うのは失礼であるからその文言を忘れようとするのだが、忘れようとすればするほど「おれ分かったで」が芯を捉えていった。

あれからずっと鞄を覗いて、探し物があるふりをしていた清佐だったが、遂に耐えられず、そのまま鞄の中に顔を突っ込み背中を揺らしてしまった。そして、お願いだからこの常軌を逸した姿に気づかないでくれ、と祈るような気持ちでいた。

薄暗がりの中、全意識を吸い取られている方角から、声だけが清佐の耳に届く。

「え、絶対二回やって」

「違うねん」

「ほんだら三回」

「違います」

この追い打ちで、もはや清佐は声を出して笑ってしまった。

鞄に顔を突っ込みながら背中を揺らして奇声を発しているその不気味な風景を、真っ先に察知したのは弥太郎のようだった。

「なにしてんねん、あいつ」

清佐は無心になろうとし、込み上げる息をぐっと抑えて、深呼吸をした。すると少し呼吸が整い、それに伴って意識も冷静になったようだったので、鞄から顔を引き上げた。そして一応の弁解をするために弥太郎のほうを向こうとした。

しかし首を捻ったその先の視界には、弥太郎以外の当事者二人が映っていたのであり、また自信満々で間違っていたあの解答者の、そしてなんともいえない不服そうな顔が歌舞伎の主役並みに突出していて、前にも増して清佐の滑稽中枢を刺激した。

結果、今度は顔と顔が正対した状態で清佐は噴き出し、滑稽な解答者は激怒したのだった。

「お前、なんやねん」

「ごめん」

清佐は反射的に謝った。嘲り笑うことはいけないことだと分かっていたからだ。しかし、相手はその謝罪に水を得たようだった。

「お前なんか周りがすごいだけで、お前自身なんかなんにも大したことないねんぞ。調子乗んな」

「ごめん」

清佐はまた謝った。罵倒の内容に寸分の狂いもなかったからだ。しかし、やがて清佐はその謝罪に悔恨の情を抱き始めた。


この教室内で最も身分の低い人間は自分になった。

人生の華ではこいつには勝っていると思って余裕綽々《しゃくしゃく》でいたクラスメイトに侮辱され、今、床の隅に捨てられたボロ雑巾のような存在になったのは自分だ。

ただ、相手の発言に訂正箇所はなかったかもしれないけれど、その前に、発言した人物は、その発言をするのに相応しい人徳を備えているのか。しかもその主旨は、自分自身の境遇や地位に対してある程度の羨望があったからこそ生まれたものであり、羨望の事実がこちらを上位に決定づけているわけだから、上位に対しての発言としては正しくないのでは。

そして、この罵倒の内容を耳にした取り巻きのクラスメイトが、罵倒できる側、罵倒される側というレッテルをそれぞれに貼りつけ、罵倒されたこちらに、本格的な「周りのおかげで生きているが、本人はなんの魅力もないやつ」というイメージを貼り重ねてしまったらどうしよう。

ならば安直に謝ってしまったことは、今後の立ち位置を脅かす行為だったのではないか。

しかし、清佐がその解決策として行ったのは、平静を装った顔をしておくことだった。それだけだった。嘲笑し、それを目の当たりにされ、罵倒され、謝罪し、後悔し、それでもなにも感情が動いていない顔をしておいたのだ。

普通であればなにかを言い返すか、もしくは悲しい顔に変化するか、いずれにせよなんらかの反応が出るものだが、こちらはあなたよりも随分と身分が上だから、その程度のことなんか気にしてませんよ、という評判の良いお奉行様が貧しい罪人を許すような素振りで対応したのである。

目上からの軽い「ごめん」だったのだし、それほど大人で渋い行為はないわけだし、などと自身に言い聞かせていた。

その甲斐あってか、取り巻きの人たちには、首を突っ込みたがる男子どうしの戯れと映っているようだった。ただ、玲子だけは未だ顔の艶を衰えさせることなく、一連の動向を目で追っていた。その理由は分からない。

一方、滑稽な解答者かつ罵倒を受けた後に罵倒を与えた張本人は、再び弥太郎に肩を叩かれ、その威勢をなだめられていた。弥太郎ってあいつらにどう思われてるんだろう、と清佐にはその光景がより一層、不思議に感じられた。

そして清佐の脳には、自身の性格と弥太郎の性格との比較がすんなり最重要議題として現れ、先の弥太郎の位置に自分を置いて想像を膨らましてみた。

非現実世界での清佐は弥太郎のように大人の風格を備えている。

まずクイズを出題した最初の叱責者に対峙する。

しかし清佐は、快活な弥太郎のように「そのクイズ出してよ」とは言わない。

「どうしたん」と言う。

「どうしたん」と言われた側は、当然スムーズにクイズを出題するわけもなく、「どうしたん」に見合うだけの、しかも放出できる範囲の発言を試行錯誤していて、なかなか口を開けずにいる。

そこで清佐は、「ごめんごめん。もうええから、さっきのクイズ出してよ」とお願いする。

「もうええから」とは、気にすることないから、という意味を含むものであるのに、もう飽きたから、との意味合いのものだと勘違いされ、目前の二人にしかめ面をされている。

そして渋々クイズは出題される。

そのクイズに対し、清佐は弥太郎のように「ええクイズやな」と褒めるのではなく、無言で必死に取り組み、弥太郎のように「な、ええ問題やな」と最も貶《けな》されて動揺していたであろう人物に同調を求めることはせず、「むずいなあ」と単純すぎる気持ちを表現している。

またこの「むずいなあ」は、出題者側にも難しすぎていい問題とはいえないと解釈され、結果的にそのクイズは自然淘汰されていく。

自然淘汰されたことがおかしかったのか、誰かが背後で嘲り笑う声が聞こえてきて、悔しさを携えながらそちらに振り返ると、弥太郎が背中を揺らしながら奇声を発している。

「ヒーヒー、サーサー、ヒーヒー、サーサー」

しかし次の瞬間、弥太郎はぴたっと奇声を止め、静止したかと思うと、

「田中」

と呼びかけてくるのだった。すると次第にその空間は各々の輪郭を失い、ぼんやりと弥太郎と教室の背景が同化していったかと思うと、また徐々に全ての個別なものが輪郭を取り戻していき、現実のその場に現れたのはベースの姿だった。

「田中、後でちょっと話あるねんけど、ええか」

清佐はこんな状況でも、あの１００円が返ってくるものだと思った。

「うん、あ、おう」

一時間目が終わると、再び現れたベースは、つま先だけ教室に足を踏み入れたところで手招きをし、清佐を誘うや否や廊下に出て、部下を随伴させるかのように歩みを進めていった。清佐は当然のように後を追った。

そのときに清佐の視界を奪っていたものは、ベースの大きな背中だった。

それは、ポケットに手を突っ込んでいることで更にどっしりしたブロック塀のような佇まいがあり、腕を振っていないせいなのか、肩が水平を保って全体の安定感を湛《たた》えていた。そして、この背中は笑ったとしても小規模な揺れにはならず、おそらくドラム缶を積み上げたものが崩れるくらいの激しい動作を生み出すのだろうと見当がついた。

そんな存在感のある人物からまもなく１００円が返ってくることを思うと、清佐の心臓はそわそわと揺れるのを隠さなかった。

歩が進み、教室から離れれば離れるほど、１００円が返ってきた後の生活を鮮明に想像できるようになり、その想像はほとんど未来の現実と変わりのないもののように感じられていくのだった。

到着したのは野球部の部室だった。その休み時間には誰もおらず、清佐とベースしかいないことも相まって、先日の朝練以来だという雰囲気が汗の臭いとともにその空間を覆っていた。

「朝練ぶりやな」

思っていたとおりの文言が飛び込んできて、清佐はその意識の共有に少し逞しくなった気がした。またその逞しさのおかげで、今すぐにでも１００円の話題を切り出せそうな気がした。

「せやなあ。ほんで話ってなんなん」

ベースはすぐに答えず、目下に落ちていた硬球を左手で拾い上げ、慣れた手つきで掴みやすい縫い目を確かめているように見えた。

しばらくすると切り出し方を思いついたのか、ベースは黒ずんだ硬球が半分ほど入った籠に握っていたボールを投げ入れ、眉毛の位置を少し下げた。

「お前のクラスに詩織っておるやろ。お前あいつとどれくらい仲ええの」

「まあ、そこそこは喋るかな」

意外な切り出しだった。

「そうか。実はな、これ言うたらあかんぞ。その詩織ってやつがやな、今日おれに告白してきたんや」

延髄のところを後ろから木槌で叩かれたような衝撃を感じた。

それは茫然自失するしかない報告だったが、徐々に芽生えた意識の中で、なるほど、今朝の下駄箱でいつもは遭遇しない詩織と遭遇したのは、告白のタイムラグがあったからなのか、と清佐は冷静に名推理を働かせた。

そしてその後は単純に、えええ、詩織ちゃんはベースが好きだったのか、と意気消沈した。

「あ、そうなんや。いつ告白されたん」

「朝練終わりにグラウンドの手前で言うてきたわ」

名推理は的中したと思ったが、清佐にとっては、今朝の下駄箱で、そんな告白したての女の子が、告白した相手の名前を自ら話題に出してきた大胆さに感服するとともに、告白した相手の名前を話題に出せるくらい自分は微塵も恋愛の対象になっていないことを自覚せざるを得なかった。

「ほんで、なんて返事したん」

「今はとりあえず野球に集中したいから、ごめんて言うて」

「そうなんや」

「ほんだら、三年の最後の試合終わるまで待ってるからって言われて。ほんで、もしよかったらこれ観に行って来てって言うて、こんなん渡されてんけど」

ベースがズボンのポケットから取り出したのは、パ・リーグ公式戦の観戦チケットだった。詩織はベースのことを思って、プロの試合を観戦させようとしたようだった。

しかしベースの手をよく見ると、そのチケットは三枚あった。詩織はベースが一人で行くのも淋しいだろうから、誰か野球部の友達と行って来てという表向きの意思表示で三枚を渡したのだろうが、詩織の願い、いや詩織の魂胆は、手に取るように理解できた。

詩織は、ベースが自分を誘ってくれたらいいな、と期待しているのだ。

ベースとのデートを目標として買われたチケットに違いない。ただ、いきなり二人でというのは緊張するから、詩織、ベース、他の野球部員、というフォーメーションが詩織の最たる理想であるはずだ。

だからこそ、今朝、下駄箱のところで、清佐にベースとの仲を詩織は確認してきたのだ。

羨ましさ、悔しさ、妬ましさ、情けなさ、いろんな感情で覆い尽くされた清佐は、目の前のヒーローから目を逸らした。

目を逸らしたところでヒーローの声は脳に届く。

「でもこの日ってや、練習試合の日やし、観に行かれへんのやわ。せやからちょっと田中や、これ詩織って子に返しといてくれへん」

清佐にとっては手が届かない存在となっている詩織であるのに、ベースの「って子」という発言は、告白してくれたにもかかわらず全く関心がないというニュアンスを際立たせていた。

人生を恨んではいけないなんて、大人になってから考えればいいだけで、今は思う存分、人生を恨んでやろうと思った。羨ましさ、悔しさ、妬ましさ、情けなさ、の内、情けなさが突出して、清佐の頭上に冠として載っかっているかのように君臨した。

ただのパシリなのだ。

しかも、清佐が好きな女の子に、その好きな女の子が好きな男に一回のデートのためにおそらく金銭を支払って手に入れたチケットを、ショックを与えないように気の利いた謝罪の言葉を交えながら返却しなければならないという使命なのだ。

こんな理不尽に、清佐は逸らしていた目を再びベースの目に向き合わせ、その照準が合った瞬間に男としての誇り高い底力を振り絞った。

「分かった」

用件の済んだベースは、先に部室を出ていったようだった。

一人で部室に残された清佐の手には、チケットが三枚、人肌の温度を保ったまま安座していた。

結局、100円の話を切り出す機会はなかった。

教室に戻ると、ちょうど二時間目の始まりを告げるチャイムが鳴り、こちらを向いていない詩織の、かわいいけれど今は気の毒なうなじを一瞥してから清佐は席に着いた。その授業中は、詩織の期待はずれを慮った。

あんなに魅力的な女性なのに、恋心が成就しなかったどころか、僅かな頼みの綱も今から切られようとしているのだ。せっかく金銭を支払ってまで買い求めた僅かな希望を、無残にもなかったことにされようとしている近未来に清佐は同情した。

「金銭を支払って」

清佐の頭の中に木霊《こだま》した。今、清佐に与えられた使命は難儀を極めたものだが、清佐に与えられたチケットは、金銭で購入されたものだ。ならば、まだ未使用のチケットは、多少なりとも金銭に戻る価値があることになる。つまり、現時点の清佐は、おそらく100円以上の価値を所持しているのだった。

これを今から詩織に返すことによって詩織は落胆するのだし、詩織に返さなくても特にベースが恨まれることもないし、なんならそのほうが詩織にとってはまだ希望が存続するのだし、ベースからのお誘いがなかったことは詩織にとっての苦悩にはなるだろうが、チケット自体を返されるよりは軽度の苦悩になるわけだし、だとすれば、と清佐の思考は、詩織への慮りから他のなにかへの変遷を歩んでいた。

やがて清佐は、変遷の終着点が悪魔の囁きだと理解しながら、下げようとしてもなかなか下がらない口角と格闘するに至った。

そして、悪魔寄りの思考が活発になっている間は、金券ショップに行った暁にはこのチケットはいくらで買い取ってくれるのだろうという想像によって、何度もこめかみにまで引き上げられる口角と格闘しなければならなかった。

しかし、おそらくプロ野球の公式戦チケット三枚であれば、いくら買い取り価格で安くなったとしても、100円を大きく上回る金額が支払われるのは間違いない。

ならば一枚だけ買い取ってもらって、残りの二枚を詩織に返そうか、いやいや、そんなことしたら不可解きわまりない、やはり三枚とも買い取ってもらって、その金額のうち100円は自分のものにして、後の残りを詩織に返そうか、いやいや、お金を返すなんて最も説明のつかない事象になるし、あ、三枚とも買い取ってもらって、100円は自分のものにして、後の残りも、後の残りも、いやいや、と清佐の脳にいた悪魔は最高潮の囁きを施してきた。

「おい田中、どうしたんや。眠たいんか」

二度と授業中に頭を振らないと誓っていた清佐だったが、知らないうちに悪魔を振り払っていた。

「いえ、すいません」

奇《く》しくも、首を振って叱咤されるのは詩織のためだけだった。

そんな詩織が、改めて１００円ごときを返さない男に惚れているという事象を熟考した挙句、清佐は苛立ちを覚え、顔を火照らせ、脇に汗をかいた。

そして発汗が体温を調節したかと思うと、今度は冷静に、１００円であってもそもそもは詩織の財産なのであるから、それを数分の間でも黙って拝借しようとしていた罪悪に驚愕を覚え、更に脇と額から汗が吹き出したのだった。


二時間目が終わり、清佐は悪魔を追い払った後の正義感を胸いっぱいに詰め込んで、詩織のもとへ向かった。

「あの、ちょっとかまへん」

詩織は綺麗な瞳を清佐に向けた。その途端、丸腰でつんのめるように入ってしまった銀行強盗のように、来てはいけない場所に来てしまったと、清佐は一気に身体中から血の気が引くのを実感した。

思えば一対一で詩織に話しかけること自体、初めての体験だった。

「どうしたん」

もはや心臓は、リズミカルな応援団の大太鼓や、それに合わせた団員の白い手袋に包まれた拳を思わせるほど、勢いよく強《したた》かに轟いていた。

その動きによって、顔の頬までが揺れているのではないか、またそれを詩織に見抜かれているのではないか、と清佐は懸念した。

「どしたん」「揺れてないかな」「なんのこと」「ほっぺた」「揺れてないよ」「よかった」、なんていう展開にならないよう、清佐は慎重に失敗例のイメージトレーニングを済ませた。そして、鼻を使ってあまり派手にならないように深呼吸をした。

「どうしたん」

「あ、あの、ベースがな、これ、もらってすごい嬉しいのは嬉しいんやけどな、どうしてもこの日いかれへんからな、ちょっとごめんやねんけどこれ返しといてくれへんかなって言うててな、ほんで頼まれてんけどな」

「え」

詩織の顔がみるみるうちに曇っていくのが分かった。詩織の白いおでこには、小さいニキビらしいできものがいくつか並んでいて、それが整った顔に彩りを加えており、清佐は余計に動揺した。

「いや、ほんまこの日に練習試合あってな、あ、おれやったら補欠やから、そんな試合なんか休んでてもこれ観にいきたいねんけどな、もったいないもんな、せっかくのチケットやし」

「うん」

詩織の頬が紅くなり、紅くなった頬が揺れ出したのを清佐は確認した。

「あ、おれやっぱりこれもらってもええかな、て、あかんよなあ。ベースにあげたやつやもんなあ。て、あの、でももし捨てるんやったら、もらってええかな、あ、三枚あるし、おれ、や、弥太郎と誰かといこかな」

「勝手なこと言わんといてくれる」

詩織は、清佐の手にあったチケットをそのまま置き去りにして、教室から走って出ていった。それは悲劇の始まりで、もう一つ、追随する悲劇が当たり前のように訪れた。

「お前、詩織になにしたんや」

詩織が異様な雰囲気を纏って出ていったことに気づいた弥太郎は、決して「親友」には向けないような睨み顔を清佐に浴びせてから、恋い焦がれる女子を追いかけて教室を出ていった。

清佐は絶望の淵に追いやられた。開いていた窓から秋のやや冷えた風が穏やかに通り過ぎ、その風が、もう100円のことは諦めてもいいのではないかと提案していくのだった。

三時間目が始まる頃には詩織も弥太郎も教室に戻ってきたが、清佐は暫時なにも考えないように心掛けており、その後の休み時間も特に二人と接触しなかった。しかし昼食となるといつも弥太郎と一緒に食べているので、殊にもうあの気まずさを味わいたくもなく、四時間目はとにかく弥太郎との仲直りに頭を使った。

このチケットを弥太郎に見せて、観戦に誘ってみようかな、でもこれは詩織のものだし、いや、一度はベースのものになったんだし、しかもそのベースから渡されて手元に所持しているのは自分なんだし、ということはこの所有者は自分なのであって、これを使おうが売り払おうが、所有権のある者が自由に、とまで思慮を働かせた清佐だったが、ここにきてベース側の観念が過った。

ベースはこれを詩織に返してほしいのであって、単に捨てたわけではなく、捨てるべき存在だからという理由で渡してきたわけでもない。ならば所有権が自分にあるという思考は頗る危ないのであって、いわばベースが一旦借りたチケットを、持ち主の詩織に返すという、その作業の仲介を任されているだけなのだ。

清佐の脳には、ベースに対する様々な瞋恚《しんい》が乱立した。

「は。なんでおれがそんな面倒なことを任されなあかんの」

「借りたら返すっていう感覚をもってるんやろ」

「お前の借りてる100円はおれが貸した100円やで」

「お前のせいで詩織や弥太郎に嫌われてしもたで」

「お前が直接、詩織に謝って返したらええんちゃうんかああ」

清佐は激発寸前になった。しかしその激発を一旦お腹に力を入れてぐっと抑えた。

それはいつかの笑いを堪える行為よりも、重労働な試練だった。

そうして今度は清佐が飛び出した。

四時間目終了のチャイムとともに教室を出て、部室に向かった。

ガチャ。

部室には誰もいない。扉が閉まった音が後ろですると、清佐は我慢していた腹のも

のを全て吐き出す決意をし、大きく息を吸い込んだ。そして、

「うおお」

ガチャ。

「え」

扉を開けて立っていたのは弥太郎だった。

「なにがあったん」

清佐はどんな気持ちになればいいか、分からなかった。なぜこんなに優しくできるのだろうか。つい先ほど鬼の形相で睨みつけていた人間が、いったいどうして、睨んだ人間の悩みを聞いてくれることになるのだろうか。清佐は「親友」を理解できないまま、立っているのが精一杯だった。

幸い中は暗く、清佐の細かな表情には気づかれていないようだった。

「なんか声聞こえたけど、さっきも詩織に逃げられてたけど、教えてくれよ。どうしたん」

「うん。実は」

優しさに包まれたまま、清佐は全てを打ち明けてしまいそうになった。

しかし一旦、思い止まった。

その理由は二つあった。一つは、そのまま話すと、話している最中に興奮して、本気の涙が出てしまうと予想できたから。もう一つは、流れるように100円のことまで真情を吐露してしまって、とどのつまりこちらの人間的な小ささを露呈してしまうのではないかと危惧したからだ。

「実はなんなん」

「いや、大したことないねん」

「嘘つけ」

急に顔つきを尖らせた「親友」から、叱咤が飛んできた。

「詩織に聞いたぞ。お前、詩織に野球観戦のチケット渡して、一緒に観にいってくれって頼んでたんやろ。それで詩織が断っても、お前が折れへんから、詩織は怖くなって教室を飛び出したんやろ」

「違う」

清佐は、今までの人生で三位には入るであろう勢いのある声で弥太郎を制止した。

同時に、好きな男子を隠蔽《いんぺい》するためなら詩織はそんな嘘を平気で創作できる女なんだと蔑んだ。

それから数秒間の沈黙が流れた。風もなく、真空状態のような沈黙だった。その中に、清佐の鼓動と呼吸だけが唸り声を上げていた。

「なにが違うねん」

「せやから、全然違うねん」

きっちりと自分の潔白を証明し、真実を口上しようとした清佐だったが、弥太郎は詩織に惚れている。今ここで詩織がベースにチケットを渡したと進言すると、詩織はベースに惚れていることを弥太郎に悟られてしまう可能性があり、それに気づいてしまった弥太郎は、落胆するに違いない。

「親友」を落ち込ませないためにも、清佐には嘘を創作する必要があった。

「これ、この野球のチケットやねんけどな、これ、ベースから詩織ちゃんに渡しといてくれて頼まれたチケットやねん。なんか、詩織ちゃんがチケットとか取るのが得意で、ベースが観にいきたいって思ってたチケットを、玲子ちゃん経由で詩織ちゃんに取ってもらったんやて。ほんでベースがそれ観にいかれへんようになったから、ベースから詩織ちゃんに返しといてくれって頼まれて」

「ほんで」

「でも、チケット取ってもらっといて、それを取ってくれた人に返すのんてなんかおかしいかなて思って、詩織ちゃんの前でおれ躊躇しててん。ほんで、おれがそれ観に行きたいから詩織ちゃんにそのチケットもらってええかなって言おうとしたけど、根性ないからなかなか言い出せなくて。それでごにゃごにゃしてたら詩織ちゃんが教室飛び出して」

「そしたらなんで直接ベースに返させないんや」

「それは、それは、お前とこれ観に行きたかったからや」

「え」

「あ、いや、嘘や。嘘や。ベースに、返してくれって、おもいっきり頭下げて頼まれたんや。それだけや」

「でも返してないんやろ」

「それはせやから、それはな、ええと、まあ、まあええわ。ほな冷静に言うわ」

清佐は鼓動と発汗が最高潮に達していたこともあり、落ち着く必要があった。

「実はな、これ言わんとってくれよ」

「おう」

男らしく返事をした弥太郎は、恋愛話を聞くでもなく、エロ話を聞くでもない、清佐にとっては見たことのない渋い聞き手の顔を貼りつけていた。

そして、確かにこんな空気でこちらから弥太郎に腹を割って話したことってなかったな、と自らの癖である「親友」批判が頭にのぼり、紡ぐ言葉を失っていた。

しかし、何かを言う必要がある。言葉を途切れさせてはいけない。

「おれ、玲子ちゃんのこと好きやねん」

清佐は、自分の口からなにが飛び出しているのか分からなかった。

その台詞は、コンビニ店員がマニュアルどおりの文言を感情も入れずに口から放出させているほどまではいかないにしろ、自発的とは到底言えないような内容であり、おそらく右脳が感覚的に発信して、どこへも経由せずに直接口へと伝ってきたものだった。

左脳では、行き場のない文言が口に受け入れてもらえず、ただひたすら眼前に字幕となって出現していた。

「ベースに100円貸してんねん。ほんであいつ全然返さへんねん。辛いねん」

口に出せるわけがなかった。それは、時々夢で見る、これを必ず言わなければならないのに口がなかなかそう動かず、言おう言おうとして、やっと言えたときにはそれが寝言となってその寝言で起きてしまうという、あの境遇に近いものがあった。

妙な告白の後に無言の時間を引き延ばすほど辛いことはなかったので、清佐は胸三寸に納めて続けた。

「ちょうどチケット三枚あったから、おれら二人と玲子ちゃんとで、この試合、観にいけたらなって思ってんねん」

清佐は、何でもいいから言葉を続けられればいい、と、半ば自暴自棄になっていた。

その結果、追い打ちをかけるような弥太郎の台詞が、清佐の大脳全体に戦慄を走らせた。

「玲子、多分おれのこと好きやで」

「親友」批判の是非は、振り出しに戻った。

「おれ腹減ったから先に戻るわ」

弥太郎は少々気が晴れたような表情で去っていった。

嘘ではないにしろ、大胆なごまかし方をしたものだと自ら感心することによって恥を封じ込んでいた清佐だったが、しばらくすると、そんなごまかし方など、詩織にチケットを返していないことについてのなんの弁解にもなっておらず、であるのにやはり恋愛の話となればそれ以外の話をすんなり切り上げた弥太郎に、侮蔑の感情が湧き上がった。

そして、自分のことを気に入ってくれている女性に大凡《おおよそ》で見当をつけ、まだ確証も持てないうちに他人に報告してくるなど、愚鈍の極だと憤った。

しかもそれは清佐からすると、「親友」の恋愛感情を守るために悪戦苦闘して虚偽を紡いだ矢先のことだったのである。

その後、薄暗い部室の中で清佐が陥っていった脳内の戯れといえば、弥太郎とベースのどちらが優れた人間性を備えているか、部門別にそれぞれ採点していくというものだった。聞き役であれば、居心地であれば、金銭的優しさであれば、など、枚挙に遑《いとま》がなかった。しかし、項目を挙げれば挙げるほど稚拙な作業をしているような気がして、その結果、潔く玲子と詩織の採点に切り替えた。

「あ」

一人になってからも長々と部室にいたことを悟った清佐は、五時間目のために大急ぎで教室に戻った。

席に着き、授業の用意をするために鞄を覗くと、まだ結びを解いていない弁当包みが目に飛び込んできた。

「あ」

食べなかった。

前と違って、持ってきているのに食べなかった。

それは母への冒涜だった。そして間もなく、母の笑顔が頭上に浮かんだ。更に、鞄の中に入れてある、洗濯して綺麗になった練習着の匂いが鼻をつき、脳裏に浮かんだ「お母さん」がそのまま練習着に貼りついたかと思うと、練習着にまた母の笑顔が浮かび上がり、清佐の罪悪感は絶頂を迎えた。

母は早起きをして、弁当を作り、家庭を守るために遅くまで立ち仕事をして、それでも笑顔を絶やさなかった。

五時間目の玲子は、ノートと黒板を首で往復させては、度々重力に引き寄せられる黒い髪の毛を、せっせと艶のある耳にかけていた。髪が短いから仕方がないのだろうが、その頻度と性急さからして、なにかに苛立っているようにも見受けられた。

しかし清佐は、その仕草にこそ玲子の快活さを見て、密かに妖艶さを覚えていた。そして、玲子なら野球の観戦は好きだろうし、玲子と本当に観にいけたらいいのにな、と頗る呑気なことを考えた。

まもなく五時間目が終わるという頃、清佐はほとんど板書が間に合っておらず、集中力を欠いていたことにまた自ら嫌悪感を抱いた。

更にその嫌悪感は、ズボンのポケットに入れていたチケットの形を浮き彫りにさせた。占いの類は信じないが、黒い生地から透かし見たチケットは、持っている間ずっと運気みたいなものをどん底まで下げそうな気がした。

すぐにでも不愉快なチケットを手離したくなった。

休み時間、清佐は再び勇気を奮い起こして詩織の席に向かった。

弥太郎には嘘であれ返却の必要性を説明してあるから、ある程度、味方の伏兵がいる気分になれていたのかもしれない。比較的、向かう足取りは軽やかで、やがて座っている詩織の斜め後ろに位置した。

「ごめん」

この季節にしては暑い午後だということもあり、振り返った詩織の額には、薄く汗が滲んでいた。白い肌に浮かぶその仄かな水滴を見て、清佐は素直に美しいと思った。

「なに」

「さっきはごめん」

「もういいよ」

「あの、やっぱりこのチケット」

「いいよ。あげる」

最悪な結果が訪れた。つまり、これからは罪悪感との戦いとなった。

そんな罪悪感など露知らず、弥太郎は清佐に目を合わせ、玲子を誘ってもいいぞ、と言わんばかりの顔を向けていた。

額の汗を増やした詩織の顔は少しだけ赤くなっていて、いつかの雨に濡れた彼岸花を彷彿させた。

放課後、部室に入ると、やはりベースは先に着替えていて、他のレギュラーメンバーとなにやら話していた。そんな首脳会談に割り込むわけにもいかず、清佐は端のほうで補欠らしく練習着に着替え始めた。

すると、想像していたよりも早いうちにベースからの確認が飛んできた。

「おお、田中。返しとってくれたか」

清佐はその瞬間、眉間に皺《しわ》を寄せた。人に難題を依頼しておいて、なぜこんな偉そうにその遂行具合を尋ねることができるのか。

幸い、まだベースのほうに顔を向けていなかったので、清佐の顔面は至極自然な筋肉の動きを示し、結果、不動明王のような険しい表情になった。


今か。今がチャンスか。

こんだけむきになってるんやから、今なら腹の中にあるもの全てを吐き出せるんやないかな。

なんでおれが詩織ちゃんにチケット返さなあかんのか。

なんでおれに１００円借りといて、いつまでも返さへんのか。

礼は。

その態度は。

こういうやつ全部、今、言うたろか。

決して外に漏らすことのない心の声が、清佐の脳内だけで、しかし運動会用のスピーカーに耳をくっつけているくらいの大音量で轟いた。そしていよいよ、清佐は首を回した。

もちろん、その顔は観音菩薩のように穏やかな表情を繕っていた。

「あ、ごめん。まだ渡してへんわ」

「なんやねん。頼むぞ」

「う、うん」

「あ、うわ、お前、もしかしてあのチケット拝借するつもりとちゃうやろな。練習試合サボって観にいこ思ってたんちゃうやろな」

清佐はその刹那、黙った。黙ったとはいえ、それはほんの短い沈黙で、清佐にとってはある程度の時間を感じられる沈黙であったが、周囲には気づかれることのない空白だった。

そして僅かな無音状態が終わると、清佐の頭の中には二つの感情が往来した。度が過ぎた憤慨と、その場を繕う謙《へりくだ》りだった。

そして次の発言内容は、その感情の両極に振れる針がどちらに停止するかで定まるものと思われた。

「ばれたあ」

謙りだった。清佐は情けなさに苛まれた。いつも針は謙りに止まるのではないか、と心の中で自身に向けて憤慨した。また、今までの人生がここまで情けない人間だったかな、と薄くではあるけれども走馬灯のようなものが清佐の目前に広がった。

すると、やや勇敢だった日の思い出がそこに映し出された。


小学生の清佐は、脇にボールを抱えてグラウンドを駆け抜けていた。立ちはだかる者を容易《たやす》くかわし、追いかけてくる者を引き離していた。

高校生の清佐は耳に手を当て、ヘッドギアに守られていたときの栄華を想った。それと同時に、野球部や弥太郎という防具に守られていなければなにもできないような臆病者に染まってしまった自身に、鬱々とした。

「なにしてんねん」

ベースが不可解な顔をこちらに向けていた。

「あ、ごめん」

「ばれたあ、やなくて、まじで返しといてくれよ」

「うん、分かった」

その直後、清佐の頭を過ったのは、「退部」だった。

なぜ自身が苦手なスポーツをひたすら続けており、またその集団に見下され、結果的に謙り、自尊心を穢《けが》し、そこまでしてやることなのかと疑問に思った。

「はい、練習練習」

清佐の頭を飛び出して部室内に浮遊していた「退部」は、ヒーロー特有の勢いによって、蝿のように部室の外へと逃げ出していった。その代わりに、「１００円」の文字を貼りつけた蝿が部室の中に入ってきて、やがて清佐の坊主頭に貼りついた。

徐々に日が短くなってきたことは、練習が終わる時間で体感できる。

学校のグラウンドにはナイター設備がなく、暗くなると練習はできないので、夜が来る前に練習を終えなければならない。清佐は短くなってきた練習時間を、物足りない表情を浮かべながらも内心では救いに感じていた。

そんな気の緩みが招いたのは、エラーだけでなく、故障だった。空腹も関係していたのかもしれない。清佐は未だ昼飯を食べていなかった。

練習はいつも、最後に十本ダッシュをして整理体操、そしてグラウンド整備という流れになる。十本ダッシュの十本目で、そろそろ練習が終わると口角を上げていた清佐は、スタートの際に踏み切った右足をぐねらせ、その場に倒れ込んだ。

「あはは」

「あはは、ははは」

清佐の頭上は、ダッシュを終えた部員たちの笑い声で賑わっていた。

「あはは、転《こ》けてる」

立ち上がり、再び足を踏み出した途端、踏ん張った右足の痛みが全身に響き渡った。

当然のように倒れそうになったが、倒れたとしても、また先ほどと同じ笑い声は起こらないであろうし、もう暗くなりかけているのにそんな小事に時間を費やさせてしまうのは申し訳ないと察知し、一歩一歩に激痛を感じながらも、足を前に運んだ。

清佐が最後に部室を出ると、いつものように帰りの野球部員が群れをなしていた。大きな黒エナメルの鞄を肩にかけた逞しい部員たちは、大きな歩幅で闊歩《かっぽ》し始めた。いや、いつもと変わらないはずの歩幅なのだが、思うように歩けなくなって、彼らの一歩が大きく感じられたのかもしれない。

清佐は足の痛みをなんとか踏ん張りながら、群れと速度を均一にしていた。校門を出てすぐの左手側には、ぽつんと一台、少し古さを感じさせる自動販売機が設置してある。いつもは誰しもがその自動販売機を無視していた。なぜなら、そこからもう少し歩いたパン屋の前に、種類の豊富な自動販売機が四台も並んでいて、そこでジュースを購入するのが坊主頭たちの恒例になっていたからである。

しかし、その日に限ってベースが寂しい自動販売機の前で立ち止まった。すっかり辺りは暗くなり、自動販売機の光で顔を浮かび上がらせたベースは、そこに並ぶ商品を物思いに耽《ふけ》るような表情で見つめていた。

「どうしょうかな、おしるこ買おかな」

暑さが過ぎ去り、早くも自動販売機に陳列される飲み物が入れ替わっていたようで、少し小さめの缶には、おいしそうなおしるこの絵が描かれていた。

誰からも相手にされていない自動販売機だと思っていたけれど、この朽ちかけた逸材を季節に応じて管理している誰かがいるのだと知った清佐には、少し優しい気持ちが押し寄せた。

「あかん、欲しい。買お」

ベースは黒エナメルの鞄から財布を取り出し、小銭入れから小銭を取り出し、摘んだ100円を自動販売機の小銭投入口に近づけた。左足に重心を乗せた清佐は、固唾を呑んでその状況を見守っていた。

長時間の投球練習で、どうやらベースの指は感覚が遠のいていたのか、100円はすんなり投入口に入らず、地面に落下した。そしてそれは地面を転がり、清佐の左足元でぱたっと倒れた。

清佐の胸は高ぶった。今からこれを拾って、そのまま「返してもらうで」と言ってポケットに入れるのか、これを拾って、ベースの掌に引き渡そうとしたときに「あ、そういえば、おれベースに100円貸してたな」と言ってから返してもらうのか、待ちに待った返却に至る物語を、過去にそれを経験した人が刹那のうちに頭に呼び覚ますくらいの速さで展開させた。

そうして、やはり圧倒的な存在感を誇るエースへの対応ならば、そのままポケットに入れるよりも後者の謙虚な姿勢が望ましいとの結論が出た。

「おい、田中、その100円拾ってくれや」

清佐の予想図には描かれていなかった、あちらからの指図という導入から現実がやってきた。圧倒的な存在感はどこまでも圧倒的だった。

清佐は素直に従い、100円を拾い上げる。その瞬間、清佐の脳には予想していた展開の可能性が充満した。

ここから、現時点から、脳内での予行演習どおりに遂行すればよかったのだ。先ほどの段取りでそのまま事象を進めることによって、清佐のもとに100円は返ってくるのだ。

「サンキュー」

ベースは当然のように清佐の下に歩み寄り、清佐の手にあった100円を逞しい左手でひったくった。それは至極当然だと思われる動きであり、歴然たる流れで行われた。

そうなると清佐は、どうにもこうにも口は出せない。即席の計画はあっさりと破綻した。

やがて清佐は、右足の痛みによって坊主頭の群れについていくのが不可能になった。しかし、誰一人として清佐の遅れに気づく者はいなかった。

大きく遅れた清佐は、歩みを止めた。そして空を見上げた。よく知っているオリオン座は見えなかったが、いくつかの明るい星が夜空に貼りついていて、なんとなく星座のように星と星を繋いでいくと、そこには「退部」の文字が現れた。

やがて「退部」の文字は消え、夜空がただの星空に戻ると、そこからまた新たな星と星が線を結んでいった。次第に現れたその文字は、「１００円」だった。

清佐は見上げていた夜空から目をそらし、前を向く。すでに野球部員たちは途方もなく前方を歩いており、小さく見えた。


「ただいま」

「おかえりどすう」

転んだことによって泥だらけになった練習着や靴下を、軽く水洗いしてから洗濯物用の籠に入れる。痛めた右足を庇《かば》いながら二階に上がり、部屋の明かりをつけると、母の声が耳に届いた。

「ご飯できたで」

清佐は自分の部屋で、お昼に食べられなかった弁当を食べるつもりだった。二回連続して弁当を夜に家で食べるなんて、あまりにも母に申し訳なくて、絶対に見せられない。

清佐はベッドに腰を下ろし、両手で坊主頭を掴んだ。今すぐ温かくておいしいご飯を食べるべきか、今すぐ冷めきったおいしいご飯を食べるべきか、またメトロノームの針が振れ始めた。

針は真ん中で止まった。つまり、両方とも食べることにしたのだ。そう決まるや否や、鞄から弁当箱を取り出し、包みを解き、蓋を開けた。

時間が経ったときならではの、甘酸っぱい匂いが清佐の鼻をついた。煮物の汁があらゆる食材に染み、白ご飯は狼狽しているように見えた。清佐は、それらを無心で頬張り、ほとんど咀嚼《そしゃく》せずに飲み込んだ。

空になった弁当箱を包み直し、それを手に持って台所に降りた。台所のテーブルには、晩御飯の焼き飯が置かれていて、柔らかい湯気を上げていた。それを空腹の状態で食べられないことを悔やみながら、空の弁当箱を流しの横に置いた。

「これ、ごちそうさん」

「え、あんた弁当、今食べたん」

「え」

詰め込んだものが全て出そうになった。なぜ母に見破られたのか、頗る不思議だった。しかし、常日頃と比べてみると、母の推理がなぜ名推理なのかがすぐに理解できた。

清佐はいつも弁当箱を流しの横に置くとき、「ごちそうさん」とは言わない。なぜなら、その中身を食べてからかなりの時間が経過しているからである。ただ、今日の場合は今しがた食べたこともあって、ついつい行儀の良い挨拶が出てしまっていたのだ。

清佐は平静を取り戻すと、母に笑顔を向けた。

「いいや、昼間に食うてんで」

「あ、そう。焼き飯、熱いうちに食べや」

清佐は台所の椅子に座り、スプーンを手に取ると、胃に大量の食料を詰めた状態で食べる母の焼き飯に不安を感じた。しかし、スプーンで掬《すく》って口に運んだその食感は優しく、生姜を効かせた独特な母の味つけで、空腹のときに食べるのと同じくらい清佐の舌を唸らせ、そのおかげで母に小さい嘘を見破られずに済んだ。

部屋に戻ると、胃は破裂しそうになっており、清佐はとりあえずベッドに寝そべった。そして天井を見つめながら、荒い口呼吸を繰り返し、自身の無計画さを嘆いた。

どうやら少しだけ眠っていたようだった。口を開けていたせいで、頬に涎が垂れていた。それを手の甲で拭うと、一階から母の声が飛び込んできた。

「お風呂入りや」

しかし清佐の胃袋は、不思議と内容物が更に膨張したかのように満たされていて、すんなり母の指示に従うことができなかった。もし胃袋に蛇口のようなものがつけられるのなら、是非つけてもらってコックを捻らせてもらうのに、などと非生産的な想像をして和らげようとしたが、そんなことではなかなか満腹感は緩和しなかった。

なんとか代謝を促進させようと、臀部のみを敷布団につけ、足や頭を空中に上げ、体全体がV字になるようにして腹筋を刺激した。しばらくすると、腹筋の持久が限界を迎え、全身が震えてきた。

「もうあかん、はあ、はあ、はあ、はあ」

足や頭を敷布団の上に降ろし、少しだけ筋の入った腹を掌で撫でると、大きなおくびが一つ、胃の中から食道を通って解放され、清佐はその身体作用に感謝した。

そんな一時の快感は、清佐を桃源郷に引きずり込んだ。悩みが全て解決した世界はどんな感じなんだろう、と、浄土信仰の絵巻物に出てきそうな空間に思いを馳せた。


そこでは、清佐はサードを守っていた。機敏な守備をしていた。

また、弥太郎と玲子と詩織と一緒に机を寄せ合って、弁当を食べていた。玲子も詩織も清佐の話を聞いて笑っていた。

ベースは清佐の後ろを走っていた。ベースは清佐を目指していた。清佐の見事な送球にベースは見惚れていた。清佐はベースに手招きをして、ベースを自身の側に引き寄せていた。そして清佐には、ベースが１００円を返さない内面が手に取るように分かっていた。それだけでなく、返さない事実を暗黙の内に清佐は許していた。

そんな折に、一階から母の声が聞こえた。

「清佐、なにしてんの。はよお風呂入りや」

現実はなんの変哲もない日常で、清佐は母に返事をするのも億劫になった。

「清佐」

「もう、分かってるって」

勢いよくベッドから一歩を踏み出した瞬間、足の痛みが脳天を打った。

「いっ」

◆

「いってらっしゃい」

翌朝、清佐は母の送り出しを無視して勝手口を閉めた。

自転車に跨《また》がり、やはり右足を庇いながらペダルを踏み出す。スピードが安定してくると、少しひんやりとした風が頬を打った。それが原因だったかどうかは分からないけれど、清佐はすぐ家に戻って母に「いってきます」を言いたい気持ちに駆られた。

彼岸花はそろそろ枯れ始めているのか、絶頂期の赤色を頼りなくさせていた。


朝の教室では、席に座った詩織が顔を赤くして、その横に立った小麦色の玲子と穏やかではない空気を醸していた。クラスメイトたちは、それに気づいていても気づいていない作り物の鈍感さを全身に貼りつけながら、各々の会話に勤しんでいた。

「どうしたん」

教室の戸をくぐった弥太郎がすぐに二人のもとへ駆け寄り、やはりすぐに声をかけた。

「ああ、弥太郎君。なんか詩織が私と喋りたくないって言うねん」

「え、詩織、なんかあったんか」

「関係ないやん。ほっといてくれる」

詩織は冷静を装い、妙にハキハキとしていて、声の音量は抑えてはいるけれど、突き放すように返した。

「おい、清佐」

弥太郎がなぜ呼びかけてきたのか、清佐はすぐに理解できなかった。しかし呼ばれて現場に向かわないほど嫌われる所業はないし、ましてや詩織にはもうほぼ嫌われていると思われるので、利口な猿のように三人のもとへと向かった。

詩織の赤くなった顔を間近で拝見すると、それは頬の上部が最も赤くなっているのだという詳細まで確認でき、清佐はその雪国の女性に似た容貌を頗るかわいいと思った。またその刹那、前日には蔑んだ相手に対して、もうすでに気に入ってしまっている自分を頗る浅はかだと自省した。

「清佐、お前、詩織にチケット返したんか」

「え、いや」

返事はしたが、弥太郎の発言意図は今ひとつ理解できなかった。弥太郎は、チケットを「返したんか」と言った。チケットを「渡したんか」とは言わなかった。

しかし昨日、詩織は弥太郎に即席の嘘をついて、清佐がチケットを餌にしつこく誘ってきたことにしている。そちら側の説明に納得しているのであれば、弥太郎は「渡したんか」を使うはずである。ここで「返したんか」を使うということは、弥太郎が詩織の言い分を無視して、清佐の弁明を信用している意思の提示になりうるのだ。ただ、それでは詩織があまりに惨めで、苦し紛れに創作した嘘を、おそらくただ一人の報告者に門前払いされたことになる。

頬を赤らめた詩織の内面は、その思考にたどり着いているのか。そもそも弥太郎はそんな思考を有しているのか。

清佐の頭は失敗したあやとりのようにごちゃごちゃになった。

「わ、渡してへんよ」

清佐は、気の毒な詩織を庇うつもりでなんとなく付け加えた。

そんな内面の縺《もつ》れなど知る由もない弥太郎は、鼻から息を吸い込み、一気に吐き出すような顔をすると、詩織に向かって諭すように語り始めた。

「詩織な、おれは清佐と友達や。いろんな話もするし、時には助け合うこともする。だから昨日、おれは清佐に本当のことを聞いたんや。詩織は昨日、清佐がチケットを渡して誘ってきたって言ってたけど、それは嘘なんやろ。本当は、ベースに買ってあげたチケットを清佐が返そうとしただけなんやろ」

弥太郎がそこまで語ると、清佐は真実に近づいたことで少し安心したのも束の間で、いよいよ危ないと思い始めた。

ここから語弊が生まれるし、その釈明をするとしても、それは頗る困難なことだと予想できた。

ベースに「買ってあげた」ことには変わりないが、真実は、ベースが頼んだから「買ってあげた」のではなく、詩織がベースとのデートを切願して「買ってあげた」のだ。

しかし弥太郎は止まらなかった。

「清佐はベースに頼まれただけなんやで。ただ返しといてくれって。それだけやのに、なんで詩織は受け取らんかったんや。ほんでなんで逃げ出したんや。あと、まじで教えてほしいねんけど、なんでおれに嘘をついたんや」

「もう、やめてよ。筋違いなことばっかり言ってきて。みんなどっか行ってよ」

詩織が座ったまま、赤らめていた顔を更に紅潮させて喚いた。しかしその喚きは、教室内全体に響かないように調節された音量で放たれていた。清佐も密かに、詩織が発したのと同じ文言を脳内に並べていた。

「キーン、コーン、カーン、コーン」

生み出された数々の失言は、その音で弾け飛んでいった。

しかし「チケット」なんていうありきたりな言葉が、落ち着く場所を知らず、教室の上に浮遊するのだった。


一時間目はまた気分の乗りにくい体育で、教室に浮遊する単語からは逃れることができたのだけれど、ありがたみを感じられないのは、その日の運動が校舎の外周をひたすら走るという内容だったことだ。清佐は足を故障させていたことを口実に、その日の体育は見学させてもらうことを担当教師に頼み込んだ。

見学が認められ、その代わりに清佐は、体育館に隣接する男子更衣室の簡単な清掃を命じられた。

更衣室の引き戸を開けると、待ち構えていたのは、部室を使えない帰宅部の生徒や一年の生徒たちが残した汗によって熟成された臭いの棘《とげ》だった。その中で一人になった清佐は、呼吸を細めながら冷静に弥太郎の意図と性格も詮索したが、それ以上に玲子と詩織がなぜ仲違《なかたが》いをしていたのかについて考え込んだ。

そうして、一つの優越感にも似た結論が浮き彫りになってきた。

それは、全てにおいて真実を知っているのは、清佐自身だけだという結論だった。

弥太郎は詩織が好きで、詩織はベースが好きで、チケットは詩織が意思を持ってベースに渡したもので、これら三つの真実を清佐以外の誰もが知らず、知らないが故に今のこのややこしい現状を招いてしまったということも、また真実なのだった。

そして無間地獄に連れて来られた罪人のように、とてつもなく孤独な思いに苛まれたかと思うと、もう一つの真実が清佐の全身を貫いた。

100円だった。

一週間以上経っていた。清佐が100円玉を取り出すために渋々マジックテープを剥がしたのは、随分と前のことのように感じられた。問題が山積し始めたのもあれからだった。ベースに100円を貸して、未だ返してもらえていないことが、あらゆる誤解や困難を齎した原因であり、それこそが真実だったのである。

そして、原因を払拭すれば雪崩式に誤解も解け、困難も壊滅させられると閃いた清佐は、とにかく100円の問題から解決させることを決心した。そして、なぜ今までこれを解決させることができなかったのか、過去の方法や自身の精神構造を頭上に展開させた。

するとその頂上に現れた太字は、「自尊心」だった。

こんなくだらない内心のせいで小さい人間だと思われたくないのだし、小さい人間だと思われたくないから、小さい貨幣に捕らわれていることに気づかれたくないのだし、また、自尊心のせいで「親友」に小さい相談もできずにいるのだ。

清佐はまずこの自尊心を払拭することを誓った。

卒業生が残していったボロボロの体育館シューズをゴミ袋に入れ終わった頃に、清佐は思いついた。この自尊心を捨てるためにやらなければならない具体的な手段は、玲子に告白をしてすぐにふられる、ということなのでは。

現時点で清佐が玲子に告白をして、成功するわけがない。そうしてマネージャーに無謀なアタックをして玉砕した愚かな男子、というレッテルを貼られ、そんな底辺からの新たな人格を蓄積していけば、もっと生きやすい日々を送れるだろうし、ややもすると、無謀な告白をできるほど勇気のある男子、というレッテルも追加され、少々ちやほやされるかもしれない。

「あ」

と、そこで、清佐は途端に吃驚を漏らした。

追加で、「勇気のある男子」という未来の賛美を期待していたのだ。ということは、そんな期待のあること自体が、結局のところ、根本で自尊心が発動して目標地点への道程を構成させているのだし、自尊心を捨てるために考え出したことであるにもかかわらず、筋金入りの自尊心は、底辺の池でまだ逞しく沸き上がっていることに気づいたのだ。

なにも目論んではいけない、との結論に達するまで、時間は要しなかった。

そうして、ただ単に自尊心を捨てる手段を試行錯誤したが、そのほとんどが未来の自尊心を保護したものであり、唯一、これはなんの目的もない、単なる自尊心の放棄だと享受できたのは、弥太郎に１００円の苦難を打ち明けるという手段だった。

チャイムが鳴り、休み時間になると、清佐は念入りに石鹸で手を洗ってから教室に戻った。

弥太郎に打ち明けるための時間を少しでも引き延ばそうとしていたのかもしれない。

二時間目が終わると、弥太郎は再び詩織の席に向かった。それを見て、再び呼びかけられるかもしれないと勘づいた清佐は、二度もの命令に従う情けなさを想像し、事前に立ち上がって詩織の席に自ら向かった。その足取りは、少しではあるが、逆風の中を歩くような逞しさを含んでいた。

詩織の席を囲むように二人の男子は集合した。

しかし、元の布陣になるためには玲子が出遅れていた。

やはり弥太郎から口を開いた。

「清佐、お前は」

「田中君」

喋りかけた弥太郎を遮ったのは、詩織だった。

「田中君、ちょっと一緒に来て」

詩織は立ち上がり、弥太郎の話は耳に入らないというような面持ちで、素早く教室の戸から出ていった。清佐はというと、蚯蚓よりも静かな声量で「すまん」と口を動かし、詩織を追った。そして教室の戸口を出る瞬間、視界の左側に意識を集中させると、玲子と弥太郎がこちらを不安そうに見つめているのが分かった。

詩織は教室から離れ、昇降口から遠くて生徒から人気のない静かな西階段の、少し降りた踊り場で歩みを止めた。そして追従する清佐に振り返った。清佐は故障した右足を庇いながら、踊り場より少し上の階段で足を止めた。

「田中君、どこまで知ってんの」

日光の届きにくい薄暗がりの踊り場に現れた、照れと懐疑の入り混じったその表情は、清佐に詩織の内面を悟らせるのには十分な明確さを放っていた。詩織は、ベースへの恋心が清佐に伝わっているかどうかを危惧しているに違いなかった。

詩織を見下げているその位置関係に気まずさを感じた清佐は、できるだけ平静を繕いながら、踊り場へと一歩ずつ足を下ろした。しかし、顔面の内側は圧力鍋のように加熱され、額や脇からは矢継ぎ早に汗が零れ落ち、清佐は密かに、下駄箱でズボンに飛び散った水滴を思い浮かべていた。

「いっ」

庇うことを忘れて踊り場に辿り着いた右足は、激痛に見舞われた。しかしこの状況での個人的な痛みなど、何よりも優先されるべきではないはずなので、清佐は必死で痛みを堪えた。もはや心臓は唸り声を上げ、そこに二本の脚だけで立てているのも不思議なほどだった。

「なあ、田中君、どこまで知ってんのよ」

殺風景な場所に気を荒らげ出した女子がいるその空間で、清佐は消えてなくなりそうな意識を保つため、ゆっくりと大きく息を吸い込み、詩織に悟られないように小さく肺を膨らませた。そしてゆっくりと息を吐き出しながら、声を捻り出した。

「ベースが、なんか、し、き、君に返しといてって、チケットを渡してきて、なんとなく、分かった、って言って、それだけやけど」

「嘘や」

「え」

「ちょっと田中君、私のことどう思ってんの」

詩織が「私」と言ったのを意外に感じたのも束の間で、清佐は素直に展開がおかしいと思った。また、心底、自分は不幸な人間だと思った。

こんな傍若無人な告白のさせ方があるものか、と項垂《うなだ》れそうになった。

しかし、自尊心を捨てる決意が固まりかけていたところだったし、もうここまでくると後戻りはできないと心得て、清佐は拳を握りしめ、精一杯の勇気を振り絞った。

しかし、その声は震え切っていた。

「ど、ど、どう思ってるかって、そ、それは、その、す、す、好き、いや、す、す、好きとか、そ、そういう、その、好きやとかそういう、その、いや、好きやねんけど、そ、そう、好き、やけど、いや、好きって、その、す、好きやねん」

詩織は不可解な顔をした。清佐は、今しがた自分がなにを言ったのか、またそれによってなにが起こるのか、世界全体が理解できないような感覚に陥っていた。

しばらく詩織は美しい眉間に小さい皺を作っていたが、それを元に戻したかと思うとそのまま眉尻を下げ、少し微笑みながら口を開いた。

「いや、そういうことじゃなくって」

その踊り場に穴があいて、急に地面まで突き落とされたのかと錯覚するくらいの衝撃だった。それほど辛すぎる衝撃ではあったのだが、もしそこに穴があいていたとしたら、それはそれですぐに入りたいと思った。

そういうことではなかった。とてつもない恥辱に塗れ、清佐の顔は、赤鬼そのものになった。それは退治された後の赤鬼同様、悲惨な様相を呈していた。

「詩織のことを軽い女やと思ってたら嫌やなって思って。だって、チケット欲しいとか平気で言ってくるし、じろじろ見てくるし、詩織、そんななんでも許せるような軽い人じゃないから。あと、ベース君からチケット返してくれって頼まれたんやったら、ちゃんとすぐに返してくれたらいいやん。ベース君は多分いい人やから田中君に言ってないんやと思うけど、詩織な、ベース君のことが好きで、ベース君と野球観に行きたいなって思ってチケット渡してん。そういうチケットやから、それだけ覚えといて。でも田中君がどうしても欲しいって言うのなら、もう詩織はあげてもいいと思ってるけど」

もはや二本の脚で立つことは不可能だと思うくらい完全に打ちのめされ、頭の中は錯綜し、何を言われているのか、耳に頭が追いついていなかった。

詩織の知らない部分を知ったと思った。こんな理路整然とした内容を、こんな要領良く話せるだなんて、予想だにしていなかった。

玲子の快活さに隠れているだけで、詩織も立派な雄弁家だった。

また、最も情けないことは、清佐が勘違いして好きだと告白してしまったのに対し、詩織の弁明には、その件が一切含まれていなかったことだ。

その次に情けないことは、目の前で女子が平気で自分以外の男子を好きだと告げてきたことだ。また、そんな大胆なことを告げてもいいと思われているくらい、自身は微塵も異性として評定されていない。その好意を知らされるのはこれで二度目だが、ベースから聞かされた一度目より生々しい衝撃があった。

そして清佐の視線が整い始めると、脳裏に蘇ったのは100円だった。100円を貸している者が、100円を借りてなおかつ返さない者に、大敗を喫していた。

詩織の言い分は終わったようで、その後は清佐がなにか言葉を返さなければならないような事態となっていた。大急ぎで返事を考え、なんとか口を開いたが、それは支離滅裂を極めたものだった。

「あ、え、あ、そうなんや、ご、ごめんな、おれ、あ、あほやから、そう、あほ、やねん、もう、ほんま、あ、あほで、あ、あの、チケット、これ、返すわな」

清佐はズボンのポケットから三枚のチケットをそそくさと取り出し、手の震えをなんとか抑えながら、詩織に渡した。

「はい」

そう言って詩織は素直にそれを受け取り、スカートのポケットに入れた。清佐はそんな修羅場であったにもかかわらず、頭の中にふつふつと湧き上がってくる異質な感情を抑えきれずにいた。

「はい」だけか。

「ありがとう」は。

なぜこんな面倒くさい任務をさせられてお礼も言ってもらえないんや。

この女は田中清佐の存在価値をどう考えているんだ。

しかし、自尊心を捨てることを考えていた直後ということもあって、苛立ちは自尊心からくるものだと瞬時に悟り、また一気に粗悪な感情を穏やかにさせようとした。

その時だった。

「ありがとう」

詩織はお礼を言うと、清佐の横を無機質に通り過ぎ、階上に上がっていった。

お礼を言われたことによって、清佐は勝手にばつが悪くなった。詩織は既に穏やかだったのだ。

ぽつんと暗い踊り場に残された清佐は、そこを動くことなく、詩織の罵詈雑言を反《はん》芻《すう》した。

「チケット欲しいとか平気で言ってくるし」

こんな罵りがあったが、それは清佐からすると、詩織の気持ちを慮ったからこそ口から出た狂言だった。詩織にチケットを欲しいと依頼することで、返されて失望の絶頂になる女子の感情を救ってあげたのだ。

「ベース君は多分いい人やから田中君に言ってないんやと思うけど」

これなど詩織の独りよがりもいいとこで、恋い焦がれる余りに全てを肯定的に捉える人間の悪い癖が露呈していて、今すぐにでも詩織に真実を教えてあげたくなった。しかしそんなことを伝えられるわけもなく、清佐はその場で小さく口を開いた。

「おれ知ってるで」

知っていることはあったが、清佐が知らないことも詩織は口にしていた。

「じろじろ見てくるし」

「じろじろ見てくるし」

「じろじろ見てくるし」

じろじろ見てくるし。

詩織は気づいていたのだ。確かに清佐は見過ぎていた。

今日はどんな髪型かな、と見るのを楽しみにしていた。たまたま目が合うと、あれ、向こうもこっちに興味があるのかな、と自惚れていた。

しかし今、その可能性は完璧になくなった。そして途端に恥ずかしくなった。細い細い木の枝になって、誰からも干渉されない存在になりたいと願った。もしくは清佐の掌を刺したあの栗の中身になって、無数の棘で守られたいと望んだ。その刹那、なぜか地面が近くなったような気がした。

そうして遂に、清佐はそこに膝から崩れ落ち、両手を床につけ、高校二年であるにもかかわらず目から大粒の涙を落としたのだった。

掌と膝には、石製の床から惨めな冷気が伝わってくる。また冷たく細やかな風がどこかから入ってきたようで、清佐の火照っていた身体を冷やした。それによって額と脇の汗は一応の乾きをみせたが、それに反して涙は乾くことを知らず、次から次へと床は濡れていった。そしてその内の一粒は、清佐の床についた右手の親指に零れ落ちた。

その右手を情けなく思った清佐は、昨晩はこの右手で冷たい弁当を食べていたんだと思い出し、それに伴って母の温かみを思い出した。

「ただいまどすう」

母の温かい冗談が頭の中で囁いた。今の状況とは全く相容れない家庭の温もり、温かい晩御飯、温かい湯船、それらが清佐の脳内で走馬灯のように湧き上がり、清佐の目からは次から次へと留まることなく涙が零れた。

「いってらっしゃい」

今朝の母がかけてくれた、優しい送り出しの言葉が頭の中に響いた。清佐は今朝、それを無視したのだった。途方もない自責の念が押し寄せ、また小さくその場で声を出してしまった。

「お母さん、ごめん」

先ほどよりも冷たい風が、清佐の冷えていた身体を更に冷ましていった。そうして不意に訪れた悪寒は、彼岸花の枯渇を彷彿とさせた。

「早く100円を取り返さなければ」

チャイムが鳴るのと同時に、目の充血は寝不足のせいだと言わんばかりに、清佐は偽の欠伸をしながら教室に入った。薄目でクラスメイトの反応を見てみると、誰一人として清佐のほうを向いている者はおらず、観客がいなくても演じなければならない舞台役者のような虚しい気持ちに駆られた。

三時間目が終わると、弥太郎が清佐の席にやって来て、座っている清佐の前にしゃがみ、肘を机の上に乗せた。

「詩織は、なんて」

こういうときの弥太郎が気遣いのできる男といった風に見えるのは、小声の使い方が慣れているせいかもしれない。

「うん、まあ、チケット返してって」

「それだけか」

ほっといてくれよ、清佐は心底そう思った。

「なあ、それだけやったんか」

清佐はその追い込みで気がついた。弥太郎は、詩織が弥太郎についてなにか言及していなかったかを知りたいのだ。そういう、自分のことしか考えていないやつなのだと、清佐は微かに憤った。

「清佐、なんか隠してるやろ」

「い、いや、別に」

「ええやんけ、言ってみろよ。友達やんけ」

弥太郎の優しく戯れる口調は、若干の包容力があった。そこで、一時間目に決意した自尊心の放棄を思い出した。全ての苦難を招いた根源は、ベースに貸した100円だった。そのことを、目前の弥太郎に打ち明けなければならない。

弥太郎は一点を見つめていた。その眼球には清佐が映っている。それは清佐からすると、弥太郎の身体の一部に入り込んでしまったのかと錯覚できる見映えで、今の自分は友達の大きな真心に包まれているのだと信じ込めたのだった。

さあ、度胸を据えて、見つめている友達の真心に飛び込むつもりで今こそ、と思ったそのとき、眼球の右側にショートカットのまだ夏の日焼けをほんのり残したかわいい女の子が映った。清佐は思わず首を右に向けた。

「田中君、詩織なんて言ってた」

玲子も気遣いのできる女の子で、絶妙な小声で清佐に尋ねた。そんな性根の良い優しい女子を間近で直視することに緊張し、清佐は弥太郎のほうに向き直ってから答えた。

「ええっと、なんか、おれが預かってたチケットがあるねんけど、それを返してって」

「それだけやないよね」

玲子もまた弥太郎と同じ追及をしてきた。

みんな、自分のことしか考えてないのか、と清佐は瞬時に憤ったが、玲子の追及は詩織を慮ってのことかもしれないと閃いた途端、憤りはなりを潜めた。そして、こんな情けない男に優しく語りかけてくれる玲子の声を浴びて、どうしょうもなくいい人だと思うのと同時に、その人という存在に惹《ひ》かれていくのだった。

「玲子もそう思うよな。清佐って優しいやつやから、なんでも一人で抱え込むとこあるからな」

「分かる。田中君、一人で悩まんと、なんかあったんやったら言って」

今こそ、100円の悩みを口にする瞬間なのかなと思った。しかし、100円の話は弥太郎だけに話すと決めたのであって、玲子に打ち明けるつもりはない。ましてや、玲子は野球部のマネージャーで、ベースの元彼女でもあるし、玲子の耳に100

円の苦悩話を入れてしまうと、すぐにベースに伝わるおそれがあるのだ。

そしてベースに伝わった暁には、ベースによる「お前、１００円くらいのことでそんなくよくよ考えてたんか。小さいやつやのう。おいみんな、田中って、めっちゃ小さいやつやぞ」という罵倒が待ち構えている気がして仕方なかった。

こういうことほど、なぜか確信が持てる。それは絶対に避けなければならないことだ。

脳内が交錯していた清佐は、弥太郎の瞳を見つめたまましばらく黙っていた。

「清佐君」

清佐の背筋がぴんと伸びた。この声は、この呼び方は、と目を丸くした。

そして、ゆっくりゆっくり首を右に向けた。やがて清佐の視界には、清佐を初めて下の名前で呼んだ直後の玲子が入ってきた。玲子の唇は、赤々として健康そうな輝きを放っていた。

「なあ、清佐君。清佐君なりに考えてることもあると思うけど、詩織がいつもと違うのは、多分、清佐君のせいじゃないから大丈夫やで」

話の内容など、脳は処理していなかった。清佐は、ひたすら玲子の発する「清佐君」という響きを堪能していた。また「清佐君」と発するときに動く玲子の唇を眺めて、快楽に浸っていた。

「あれ、玲子。お前って、清佐のこと、今まで清佐君って言ってたっけ。なんか違和感あるわ」

余計なことを喋るな、と清佐はまた「親友」に憤慨した。それを粒だててしまうと、玲子がまた変に意識して、今後「清佐君」と言ってくれなくなるような気がしたのだ。

また、弥太郎は玲子が自身に気があると自惚れているので、その自惚れから生まれた優越感が原因して、玲子を「お前」と呼べていることに嫉妬した。

「え、言ってなかったかな。弥太郎君はでも清佐君のこと清佐君って呼んでるやんな。あ、君はつけてへんか。でも清佐っていい名前やんな。清佐君はなんて呼ばれたいの。清佐君、清ちゃん、清ピー、どれがいい」

玲子が変に意識もせずに「清佐君」を連投してくれたことと、更にその呼び名を進化させて提示してくれたことによって、清佐は密かに幸福の絶頂を迎えていた。

そして、無邪気に話題の本線を逸らす玲子への好感度は高まるばかりで、正直なところ、詩織のことはどうでもよくなっていた。

「いや、玲子、そんなん今どうでもいいねん。清佐、お前は一体なにを隠してんねん」

弥太郎が話を戻すと、清佐は再び視線を弥太郎に向け、徐々に冷静さを取り戻していった。

この状況で、弥太郎と玲子にどこまでなにを伝えるべきなのか、それは難題であったが、清佐は窓から差し込み始めた日の光を浴びながら、脳を動かし始めた。

まず、詩織が玲子と話したくないのは、どこからやってきた感情なのか、詩織は昨日ベースに告白してふられている、玲子はベースと恋仲だったことがある、玲子とベースは同じ野球部の部員とマネージャーという関係、詩織はベースが好きだということを玲子に打ち明けていたのか、と、そこまで事象を練り直したときに、詩織が陥っている感情に対して、清佐の脳では予感の交点が光った。

それは、清佐が弥太郎に対して抱いているのと同じような、劣等感ではないのか。

天性の美貌によってその感情は隠されているけれど、詩織も「親友」にしがみついているのではないか。もし玲子がサラダバーのボウルにゼリーやコーンを大量に盛っていたなら、詩織はそれを躊躇わずに言葉で指摘できるのか。

しかし、そんなことをこの場で明言できるはずもなく、寧《むし》ろ明言してはいけないことだと感づき、清佐は少し本筋から離れたところの話をしようと思い至った。

そうして、一つの発言案が捻出された。

「あの、おれって、嫌われてんの」

弥太郎と玲子は唖然としてから、顔を見合わせていた。そんな二人の表情を目の当たりにして、清佐はお似合いだと思った。そして瞬時に嫉妬した。

さて、先に口を開いたのは、遠慮がちに口角を上げた弥太郎だった。

「え、お前、詩織に嫌いやって言われたん」

「いや、そういうわけやないねんけど」

「ほんだらなんでそんなこと聞くねん」

当然の疑問だった。その返答に口を重たくさせていると、眉間に微かな皺を寄せた玲子が軽やかに口を開いた。

「田中君を嫌いやっていう人、聞いたことないけどなあ」

ということはつまり玲子には嫌われてないんだ、と心を弾ませるのも束の間で、また「田中君」に戻った現実に狼狽した。やはり弥太郎の余計な粒だてのせいではないかと恨んだが、むしろ清佐をどう呼ぶかなんて、玲子の中では決定事項でもなんでもなく、気まぐれでどうにでもなる小事なのだろうと思い至った。

また、玲子だけでなく、誰からも嫌われていないのかもしれないが、誰からも好かれていないことも事実であり、それはただ、誰からも興味の対象とされていないだけではないかと下唇を噛んだ。

しかし、そんな詮索を張り巡らす内面には気づかれないよう、清佐は少し微笑んでから返事をした。

「あ、そうなん。よかったあ」

さて、それまでずっとしゃがんでいた弥太郎だったが、なにか新たな行動を起こす人がそうするように、清佐の机に手をついて立ち上がった。そしてその直後、厄災にしか繋がらないような言動を繰り出したのだった。

「おい、詩織、こっち来いよ」

詩織は座ったまま、ゆっくりとこちらに首を回した。向けられたその表情は、やはり困惑を極めていた。

「今はそっとしといてあげようよ」

弥太郎の腕を掴んだ玲子が、気の利いた小声で囁いた。しかしそれに反して詩織は、すっと立ち上がったかと思うと、いくら注意しても悪戯をやめない子供に激怒する大人のような面持ちで、こちらに向かってきた。そして、弥太郎と玲子の間に仁王立ちした。

清佐は、公開処刑される寸前の受刑者の身震いはこんな感じなのだろうと瞬時に想像できるほど震え、逃げられるものなら逃げたいし、意識がなくなるものならなくしてほしいと望んだ。

久しぶりに男女四人のかたまりになったのだが、各々の表情は、以前の爽《さわ》やかなものとは大きく異なるものだった。詩織はそれこそ仁王像のように顔をしかめており、首から下の華奢な体型と違和感を晒していた。ただ、詩織は黙っていた。清佐にとっては、寒慄の沈黙だった。そして、それを打ち破ったのは弥太郎だった。

「おい、詩織。なんでそんな怒ってんねん。おれにも教えてくれよ」

詩織は表情を変えることなく、弥太郎の顔を睨みつけた。

「あんた、自分がもてると思ってんの。そういう男、まじで苦手」

詩織の声量もまた絶妙で、教室にいる清佐ら四人以外のクラスメイトには全く届いていなかった。

清佐は、惚れている女子から罵られた友を気の毒だと思うとともに、さすが「親友」だ、苦い境遇を共有してくれているんだ、と微笑み始めていた。しかしそのとき、玲子がどこにも貼りつけることのできない異常な単語を繰り出した。

「ええ加減にしいや。調子乗ってたらあかんで。頭悪いんか。あんたこそ自分がもてると思ってるんちゃうん。ほんでずっと、なにうじうじしてんねん」

すると詩織は、どこかに貼りつきそうで、でも決して貼りつかないであろう暴言を声高に返した。

「そう、頭悪いねん。うじ虫やねん。だからなに」

教室内の全員が、玲子と詩織に視線を送っていた。

もはや清佐ら四人は、全員が発言の主導権を失っていた。

弥太郎は詩織に突き落とされ、女子二人はお互いを牽制し合い、清佐は女子二人の一寸先で固唾を呑んでいた。

そのとき、聞き慣れた音が鼓膜に届いた。


サー、サー、サー、サー。


清佐にとって、その音が全てを打開してくれると感じられたのは初めてのことだった。その堂々たる足音は、リズムを一定に保ったまま、清佐に近づいてきた。清佐は、お願いだからこのまま通り過ぎないでくれと祈った。

やがてベースは、玲子と詩織の間に現れた。

「なんか空気悪いな」

ヒーローとは、その存在や発言によって、いかなる荒波をも鎮めることができる逸材なのだと教えられた。玲子や詩織の表情は、徐々にベースの声が浸透していくかのように間もなく穏やかになっていった。清佐と弥太郎の顔つきも、新しい要素が加わることで自分たちには描けない展開に発展することを期待してか、以前より険しさが薄まった。

「まあええわ。山本さん、やんな。あのな」

意外にも、ベースの用件は詩織に向けられた。

「あのな、ごめんやねんけどな、この前もらった野球のチケットなんやけど、おれその日が大事な練習試合で、めっちゃ観にいきたいんやけど、どうしてもいかれへんのやわ。せやからこれ返すわ」

視線をやや下に向けていた清佐は、おかしいと思った。チケットは少し前、あの落胆の最中に自ら詩織に返したはずではないか。

なにが現実で、なにが夢なのか分からなくなった。そして清佐は少し視線を上げ、ちらっとベースの身体を視界に入れた。

するとその逞しい掌には、5000円札があった。

清佐は狼狽した。チケットを詩織に返すよう依頼されたのは清佐だった。ベースはそれを差し置いて、もうこいつは使いものにならないと割り切り、しかも現金によって詩織の不足を補おうとしている。清佐は自身が信頼されていないことに情けなさを感じ、そうしてそんな行動に出るベースの怠慢さに憤った。

しかし、その感情が湧き上がったのも束の間で、清佐は目を丸くして身体を硬直させた。

ベースはやはりお金を返す人間だったのだ。清佐には100円すら返さない男の本性は、貸し主に5000円を渡す常人だったのである。

それだけでなく、金銭の負債に対しての金銭による返却なら分かるのだけれど、金銭の負債ではなく、ただ相手から受け取ったチケットに対しての金銭による返却なのだ。これはもはや、常人どころか、義理と人情を備えた賢人の行動だった。

とどのつまり、返すかどうか、そして返さなければならないことを覚えているかどうか、それは、借りている相手に依るのだと清佐は思い知らされた。

「いいよいいよ。チケット返してもらったから」

「そうなんや。オッケー、わるいな」

「全然いいよ」

「ほんますまん。めっちゃ観にいきたかった」

ベースは口を開くたびに謝っていた。謝るかどうか、それも相手に依るのだ。

それだけでなく、チケットを返す職務を全うした清佐に対し、未だお礼の言葉が聞けていなかった。清佐は100円の話を切り出したいとは考えながらも、とにかくベースからのお礼を待った。

そして、ベースは清佐のほうに顔を向けた。清佐は下腹に力を入れる。

ベースが清佐にお礼を言うことで、全てが解決するかもしれない。

お礼から、金銭の話題に発展するかもしれない。

そして金銭の話題は、貸し借りの話題を誘発するかもしれない。

５０００円。チケット。返す。

そうなれば、清佐から１００円の話を切り出すことができるかもしれない。

しかし、少ない。額が圧倒的に少なかった。５０００円を見て、１００円を貸したと思い出す人間は小さかった。清佐は小さく見られるのが未だ嫌だった。でも、自尊心を捨てたかった。

ベースが口を開いた。

「どうしてん、空気悪いぞ」

全く別の用件が飛び込んできた。そして、元々そこに浮遊していた空気の澱みを思い出した。

普段なら、こんなときこそ口を開いてくれる弥太郎だったが、さすがに打ちのめされた直後ということもあり、真一文字にした口をただひたすらもごもごさせていた。

おそらくベースは清佐を注視していた。清佐は、尊い同級生に目を向けられずにいたが、ベースの視線を痛いほど感じていた。

「田中、なにがあったんや」

その詰問に、清佐は即座に憤慨した。

「なんでみんな、おれに聞いてくるんや」

このフレーズが、清佐の脳内だけで怒号を上げた。口にしていないのだから、当然、そんな怒号に気づく者はいなかった。

現実世界で怒号を上げたのはベースのほうだった。

「おい、田中」

低く、清佐の胸に突き刺さるような声色だった。

「おい、田中、聞いてるやろが。なにがあったんや。どう見ても、この感じはお前が原因やろ」

そう予想されても仕方なかったのかもしれない。

ベースの視点から見ると、玲子と詩織の間に俯いた男子が配置されていたのだ。

清佐は、失禁するかもしれないと思うほど身が竦《すく》んだ。確かに、自分自身が原因で、女の子を怒らせて、女の子に気を遣わせて、「親友」に気を遣わせて、自らも落ち込んで、全てにおいて火を注いだのは清佐だった。やがてまた自省を始めた清佐だったが、その頭を、正当な思考の矢が突き刺した。

ちょっと待てよ、いやいや、全てベースが発端ではないか。清佐の脳内に反撃の火が灯り出した。

詩織にチケットを返してくれと頼んだのはベースだった。
詩織の恋心をいとも簡単に拒絶したのはベースだった。
詩織をここまで破滅に陥れたのはベースだった。
玲子となにか大人の関係をもったかもしれないのはベースだった。
清佐のことを見下げているのはベースだった。
１００円を借りておいて返さないのはベースだった。

「言おう」「今こそ言おう」「言おうよ、なあ、後先のことなんて考えないで、もう言おうよ」「１００円返して、って言ってしまおうよ」「全部お前が原因やぞ、って怒ってやろうよ」

自身で捻出した様々な励ましの文句が、浮かんでは消えて、浮かんでは消えて、清佐を余計にまごつかせた。

「おい、こら、だまってたら分からんやろ。なんとか言えや」

「ごめん、おれのせい」

清佐は俯いたまま反射的にそこまで口にすると、その脳内は二者択一に迫られた。勇気か謙遜か、どちらを旗印とするべきかに苛まれた。それと同時に、今までの怖気《おじけ》づく気質ではいけないと自身に言い聞かせた。

「負けるもんか」「負けてたまるか」「絶対に負けるもんか」。

清佐の頭の中で勇敢な文言が唸り出した。そして、

「やないよ」

「え」

ベースは豆鉄砲を食らったような顔で、不審の声を漏らした。

「おれのせいやないよ」

顔を上げて改めて潔白を表すと、頭皮のあらゆるところから汗が噴き出した。それらが重力によって下方に伝うにつれ、清佐の頭は平温を取り戻していった。

クラスメイトはいつもどおり、「犬養毅」や「クイズ」などの用語を生み出し、各々の頭上からそれらを適所に貼りつけていた。けれど、それらはいつもと違って人工的なものだった。

清佐は初めて自己主張をしたような気がしていた。みんな普段からこういう風に発言しているんだろうな、と羨んだ。そして、背比べをして友達の背に追いついたときのような達成感を無邪気に喜んだ。

しかし、視界の一番多くを占めている女子二人は不可解な顔をこちらに向けていた。

「なに言うてんの。あんたのせいやん」

詩織から冷たい叱咤が飛んできて、清佐の胸に容赦なく突き刺さった。「あんた」と「せい」という文字が呆然と教室内を浮遊していた。

また、詩織だけでなく、玲子も眉間に皺を寄せて口を開いた。

「それはないんちゃう。田中君の為にみんな考えてやってあげてんのに、そんな言い逃れ方ないと思うわ」

　そう言い放つと、玲子はその場を去っていった。意外だった。玲子は状況を冷静に観察する人だろうと思っていたのに。結局は「田中君」だった。

　しかもその惨事は、他の誰でもない自らの勇気が招いたものだった。滅多に出さない、いや、出すことのできない少しの勇気を出してしまったために、こんな大難に発展したのだ。

「おれのせいやないよ」

　確かに、責任逃れの言葉だった。清佐は再び俯き、密かに卑屈になって、もう二度と無駄な勇気なんて出さないと誓うのだった。

「キーン、コーン、カーン、コーン」

　サー、サー、サー、サー。

　ベースが去っていったことを示すスリッパの音がいつも以上に響く。詩織も弥太郎も去っていったようだった。

　一人残された清佐は、無意識のうちに頼りなく口を動かした。

「怪我人やぞ」

しかしその音量は、蚯蚓の声量以下だと識別されるような微弱なものだった。憂鬱なチャイムの響動《どよ》めきが、抜け出すことのできない無間地獄の始まりを示唆していた。

その日の昼休み、清佐は一人で弁当を食べた。

清佐は清佐なりに、その憤慨を表示したい気持ちもあったのだ。弥太郎のほうはというと、清佐の抜けたいつものメンバーで学食に行ったようだった。

清佐の弁当は、白ご飯の横に、卵焼き、ミートボール、焼いたししとう、しらたきと鱈子を和えたもの、などが美しく色とりどりに顔を並べていたが、清佐はその味覚を一切堪能することなく、口に放り込んだ。

詩織と玲子も一人ずつ別々に弁当を食べており、清佐にとってその教室内は、途方もない違和感で満たされていた。

弁当の最後に残しておいたミートボールを箸で摘むと、それまでの味を堪能しなかったことが大罪であったかのように悔やまれてきて、同時にそれは母への裏切りであるように思われてきた。そんな涙を伴いそうな感情を包み隠す作用なのか、清佐の脳には今まで考えもしなかったような空間が膨らみ始めた。

ミートボールはボールだった。つまり球体である。この球体の半径を少し大きくすると、野球のボール大になる。しかし、野球部で使っているボールは硬球という革や糸などで構成された物質であり、食肉で構成されたものではない。もし、野球の硬球が食肉で構成されていたら、手はべちゃべちゃになるどころか、バットで打った瞬間にそれは弾けてしまう。また、このミートボールを楕円形に引き伸ばしてみると、それはラグビーボールに近いものへと変貌する。

清佐の夢想空間には、ミートボールの素材で作られたラグビーボールを腕に抱えて、グラウンドを駆け抜けている自身がいた。とても速く、とても爽快に走っていた。タックルしようとする相手の選手を次から次へとかわし、ゴールラインに差しかかる。そして、いざトライだという瞬間、腕に今までよりも強い力が入り、それによって抱えていたラグビーボールを押し潰してしまった。ラグビーボールの中からは、封じ込まれていた挽肉や肉汁が溢れ出てきて、清佐の細い腕を汚した。

現実世界に戻った清佐も、摘んでいたミートボールを箸で割っていた。そんな所作を見ていたのは、あの朽ちた話をする二人組だった。彼らはあの罵倒の一件から結束を固めたようだった。

二人は、机を寄せ合って弁当を頬張りながら、密談のように小声で少し言葉を交わしていたが、しばらくすると、クイズを出題していた側の男子が清佐に手招きをした。清佐は、恥ずかしい場面を見られていたこともあって、割れたミートボールを急いで頬張ると、箸を弁当箱の上に置いて手招きに従った。

清佐が二人のもとに近づくと、二人は不思議そうな表情を向けてきた。しかし、その不思議そうな顔には、「悪巧み」が貼りついていた。

「なに。なんか用」

その殺伐とした音声は清佐の脳天を打ち、目の前は真っ暗になった。手招きをしておいて、そんな覚えはないという所謂「悪戯」だと清佐は瞬時に察知した。

悪戯の中でも底辺の悪戯だった。そしてその悪戯を被る者は、学校生活において、「底辺」というレッテルを貼られている者に違いなかった。

いや、もはや清佐は底辺だった。「底辺」ではなく底辺。呆然と、また愕然と立ち尽くしていたが、その脳内では、床に這いつくばって顔を上靴の底で踏みつけられているように感じていた。

しかし、今この事態を把握しているのは、目前の二人と清佐の三人だけだった。ここで安直に怒号を張り上げると、他のクラスメイトに清佐がこの二人から嬲《なぶ》られたと敢えて提示することになってしまうかもしれない。ならばそれは避けたほうがいいし、でも穏やかに収束させると、それはそれでこちらの身分が下だと二人に認めさせることになる。

あれこれ捻った結果、清佐はまたあの手段に出るしかなかった。

「ははは、いやいや、お前らこっち見てたから、なんか言いたいことでもあんのんかなあって思って。あ、ちゃうんや。言いたいことないんや。ほなええわ。すまんすまん」

圧倒的に身分が上の者から、下の者に無駄話を告げるような口調に努めたのだ。

清佐はすぐに踵を返して自身の席へ向かったが、その細い背中には、確実に彼らの嘲笑が突き当たっていた。しかし、それを粒立ててしまうと元の木阿弥になるので、清佐はそんな嘲笑など自身の耳には届いていないふりを努めた。そして、なにか別のことを考えようとすると、瞬時に100円のことが脳全体に広がり、行き止まりが多い住宅街に迷い込んだ子供が見せる、半泣きの表情になった。

そんな最中、一人で弁当を食べ終わった玲子と目が合った。玲子は瞬時に、蛙の解剖写真を見た女子がそうするような顔になって、清佐から目を逸らした。清佐はというと、先に目を逸らされたためにこちらから目を逸らす必要はなくなり、少しの時間ではあったが、玲子の顔を直視することができた。その瞳は少し濡れているような気がした。そんな玲子の表情は、清佐の眼球には、なぜか鏡に映った自分のように捉えられた。その途端、清佐は玲子に同情した。

玲子は詩織の白さに憧れていた。詩織を親友としてこの教室を過ごしていた。だからこそ詩織を守ろうとしていた。それを詩織に突っぱねられた。弥太郎の言うとおり、玲子は弥太郎に惚れているかもしれない。でも弥太郎は詩織に惚れている。玲子は玲子で、なにも意のままに進んでいないのではないか。

清佐には、急に玲子が近い存在に感じられた。

しかし玲子はそんな切ない顔を凛々しくさせたかと思うと、今度は勇ましく立ち上がって、少し前にある詩織の席へと向かった。清佐が元どおり席に着いたときには、屹立した玲子と、箸で卵焼きを摘んでいる詩織が目を合わせていた。清佐はどんな小音のやりとりも聞き逃すまいと耳をすませた。

「さっきはごめん」

玲子が切り出すと、詩織は静かに卵焼きを弁当箱の中に置き、鮮やかな赤色の箸を弁当箱の上に乗せ、両手を膝の上に乗せた。

「詩織のほうこそごめん」

「なんか、すっとしたなあ」

「うん、すっとした」

清佐は両腕を枕にして、現実を遮断した。せっかく作り上げた真っ黒のキャンバスには、間もなく100円玉が登場し、清佐は薄目を開けた。

優しい日が差す五時間目は、清佐の好きな古文だった。少し前までは目を光らせて臨んでいた教科だったが、もはや目は虚ろになり、その視線は窓の外に向いていた。

「菜の花や月は東に日は西に、っていう俳諧は中学で習ってるよな。これ、誰が詠んだ句やったか覚えてるか。おい、田中」

名前を呼ばれたにもかかわらず、清佐はもう目立つのが嫌で、座ったまま黒板のほうに目を向けてから小さな声で答えた。

「小林一茶」

「違うぞ。ほんでなんやその答え方は」

それは、クイズに自信満々で答えたにもかかわらず間違えていたあの男子と同じ状態だった。その直前までは清佐の全身から力が抜けていたのだが、一気に身体が硬直し、顔は火照った。

例の男子二人は、お互いの顔を見つめ合って、それぞれの顔に冷笑を浮かべている。弥太郎、玲子、詩織の三人は、なにも起こらなかったかのように板書を続けていた。

「おい、田中、その答え方はなんやと聞いとるんや」

清佐は座ったまま黙っていた。なぜこんなに不幸ばかりが降りかかるのかと項垂れていたのだ。また、教壇から叱責が飛んできても、そしてそれがたとえ清佐に向けられたものであったとしても、正当防衛として無視する権利が与えられているように錯覚していた。

「おい、立て」

清佐は勇気など行使しないと決めていたので、ここで勇気を奮い起こして立ち上がり、身の潔白を赤裸々に表明するなどという意図は須《すべか》らく持ち合わせていなかった。この惨事を更に大きくする可能性のある行動は、最も慎まなければならなかった。

しかし、清佐が知恵を働かせている内面世界と、摂理どおりの切迫した現実世界には、今や大きなずれがある。それは、考えごとをしている人が立入禁止の札に気づかず、そのまま危険な工事現場に足を踏み入れてしまう状況に似ていた。

清佐は目立たないように瞬きの回数を減らし、真一文字に引き締めた口の中でそっと歯を合わせていた。

「田中、顔洗ってこい。ほか、誰か、これ誰の句か分かる人、はい、宮崎」

「与謝蕪村です」

「そう、与謝蕪村やな」

弥太郎の正解によって我に返った清佐は、後ろの戸からやはり目立たないように教室を出て、目立たないように廊下を進み、男子便所の水道で顔を洗った。顔を上げると、恥をかくことしか能力がない人だと言わんばかりの情けない坊主頭が、古びた鏡に映っていた。一瞬でも玲子に同情した自身を恥じた。

教室に戻って席に着いた清佐は、教科書の一番開き易いページの空白に、シャープペンシルで正の字を一つと下のような字を一つ記し、貸してから何日経っているのかを把握するようにした。

◆

それからの日々は、清佐にとって壮絶なものとなった。つまり孤立したのである。クラスでは、誰も清佐に話しかける者はいなくなった。そして間もなく清佐は、芋づる式に「性格の変なやつ」というレッテルを貼られ、かかわってはいけないやつになった。弥太郎とも話さなくなった。

清佐は背中に貼られたそのレッテルに甘んじ、懲役一年六ヶ月で服役している模範囚だとして、卒業後に期待するようになった。かといって、陥った雑居房に納得しているわけでもなかった。ただそこからの脱出に、適切な方法を見出せずにいたのだ。

清佐が企てた彼岸花の計策は、無残にも跡形もなく崩れ去った。

◆

今年も結局、補欠のまま終わった。
これまでは何もせずに補欠だったが、これからは違う。
これまでどおりの補欠であるために、そろそろ行動をとらなくてはいけない。
教室での自分を、坊主頭たちに感じとられてはいけない。

◆

高校二年でクラスメイトと顔を合わせる最後の日、つまり学年末の修了式、その日は朝から雨が降っており、清佐は家から駅までの道のりを、母が運転する自動車で送ってもらっていた。

彼岸花はとっくに枯れ、そんなものは幻覚であったかのように跡形もなく、冬の寒さに対抗してその身体を大きくさせていた菜っ葉が、暖かくなるにつれて徐々に黄色い小花を咲かせていた。

そうして空に向いた花弁が、春の柔らかい雨に対峙していた。

以前なら、雨が降っても駅までの道のりは傘をさして自転車をこいでいた清佐だったが、そんな行為をするのはなにかと張り合って生きていた証拠で、もはや張り合うことをしなくなった堕落者は、なにかを損してでも楽のできるほうを選ぶのだった。

「気をつけていってらっしゃい」

「うん」

「ちょっと清佐、傘ささんと」

母の声を遮って車のドアを閉めると、清佐は少し傷んできた黒エナメルの大きな鞄を庇いながら、駅の構内まで一目散に走った。

雨を遮る構内に辿り着き、あちこちについたであろう雨を手で払った。しかし、以前はズボンの生地に弾かれてその上で立体をなしていた水滴が、払っても手遅れだと主張すべく生地の中に染み込んでいた。

つい先ほどの母が伝えようとしていた忠告が蘇った。少しの距離だったけれど、それでも傘をさしていればこんなに染み込ませることはなかったのだ。母に申し訳ない気持ちが押し寄せた。振り返ると、母の車はもう見えなくなっていた。

ベースに貸した１００円は、まだ清佐のもとに返ってきていなかった。いや、清佐は「返せ」と言えていなかった。あれから、ベースに貸している１００円のことを清佐が忘れた日はない。存在意義を感じなくなった野球部を未だ退部していなかったのも、その目標を成就させるためだったのかもしれない。

駅に電車が停まり、扉が開くと、いつもよりも乗客は少ないように感じられた。清佐が乗った扉のすぐ横の席は、誰も狙っていなかったのか一人分だけ空いていて、清佐は鞄をふくらはぎの間に挟むようにしてそこに腰掛けた。

そしておもむろに鞄のチャックを開け、中から一年間お世話になった古文の教科書を取り出した。清佐にとって古文の教科書は癒しの書物であり、授業の有無に関係なく鞄に常駐させるものだった。それをぱらぱらと捲《めく》り、「源氏物語　澪標《みおつくし》」の項目を眼前に出した。「澪標」と表題が印字された右側には、薄く小さくたくさんの正の字が書かれていて、それが百八十二日を意味していた。

この半年間で、自身の小さい内面に気づかれたくない清佐を、ひやっとさせた出来事もあった。

冬の寒さが和らいできた曇り模様の三月三日、桃の節句だった。その日、朝の通学路を歩いていた清佐は、ある一件を思い出していた。

まだ弥太郎と玲子と詩織の四人で楽しいお喋りができていた頃、弥太郎は詩織の誕生日を尋ねたのだった。そして詩織の代わりに玲子が返事をした。詩織の誕生日は三月三日だった。

昨年の六月、清佐に詩織を好きだと告げてきた弥太郎は、未だその恋愛感情を成就させていなかった。それと引き換えであるかどうかは分からないけれど、詩織はベースと恋愛関係になっていた。つまり、詩織の恋が成就したのだ。

二学期が終わろうとしていた頃、少し前から街はクリスマスらしい装飾で色づいていた。その日の課程は午前で終わり、清佐ら野球部は午後から日暮れまで練習があった。その帰り道、野球部の集団にはなぜかベースがいなかった。部員の一人が、清佐の前方で囁く声が聞こえた。

「ベース、なんか今日は三組の山本さんと帰るらしいで。付き合ってんかな」

詩織のことだった。おそらくベースは、街の色づきに唆《そそのか》されて、詩織の求愛に軽々しく乗っかったんだろうと清佐は杞憂した。そしてその杞憂など、他人の内面について、独りよがりな空想を働かせたために発生しただけであるにもかかわらず、エースという存在の優越権かつ決定権が羨ましくもあり、悔しくも感じていた。

しかし、あのとき。自身の願望を最優先し、詩織のことなどなに一つ慮らず、チケットを詩織本人に突き返そうとしたのはベースだった。いや、そうする行為を清佐に押しつけたのがベースだった。

そんな災いを与えられ、詩織から口も利いてもらえなくなったのは清佐だった。また、それが原因で離れていったのは詩織だけではなかった。気の利く玲子も言葉を交わしてくれなくなった。「親友」の弥太郎からも絶縁された。

ベースと詩織は年が明けてからも、朝は駅から一緒に登校し、クラブの練習が終わると一緒に帰った。清佐は時々そんな光景を目の当たりにしては、自らの境遇との差を妬み、自らの惨めな境遇を築き上げた張本人であるベースを密かに恨んでいた。

そして三月三日、また朝の通学路で、他の生徒よりもゆっくり足を進めるその二人を後ろから見かけた清佐は、瞬時に詩織の誕生日を思い出した。ベースが彼女の誕生日にどういう行動をとるのか、プレゼントを買ったりするのだろうか、放課後はデートをするのだろうか、など、清佐は窮屈な学校生活を強いられているにもかかわらず、また思春期らしい想像を張り巡らせていた。

想像が膨らみきってやや収まろうとするときには、清佐は弥太郎の恋心のほうにも思いを馳せていた。弥太郎はまだ詩織のことを想い続けているのだろうか、もし想い続けているならば、好きな人の誕生日にはなにか積極的な行動に出るのだろうか、など、距離があいてしまった友のことを慮った。あくまで、ベースと詩織の関係に、弥太郎が気づいていないなら、ではあるが。

通学路で現実の事象から意識が遠退いていた清佐は、ふと我に返ると、前方をゆっくり歩いていたベースと詩織に手を伸ばせば届くくらいの位置にまで接近していた。

その距離感に、なんとかしなければと途端に鼓動が激しくなったが、二人は背後の鼓動に気づくこともなく、すぐ前方の交差点で右に折れた。その右折した路地は、普段は誰も通らない遠回りの道程だった。

清佐にとっては、先ほどまでの至近距離から逸脱してほっとするのも束の間のことで、人目に触れない恋人同士を目で送りながら、また再び思春期らしい空想に勤しんだ。

そのときだった。清佐は背中に痛みを感じた。尖ったなにかが突き刺さったような感覚だった。立ち止まって振り返ると、そこにいたのは傘を持った弥太郎だった。

清佐の心臓は驚きのあまり止まりそうになった。

「お前、エロいこと考えてるやろ」

弥太郎はそう吐き捨てると、清佐の横を静かに闊歩していった。弥太郎の指摘は、なぜかいつも図星だった。

それにしても弥太郎のその発言は、約半年ぶりに言葉を交わす人とは思えないような口調だった。

気まずくないのかな、と、清佐はそこにあった元「親友」の残像を逞しく思った。

また、以前は弥太郎の性格をあれこれ詮索していたけれど、そのことが懐かしくもあり、よくそんな堂々とした立場で思考ができていたものだなと反省した。清佐の性格からすると、そんな長期間も疎遠になった相手に話しかけるなんて、途轍もなく物怖じする行為だった。

しかしこの接近は、清佐にとって仲直りのまたとない機会だった。

「今すぐ追いかけて、ずっとエロいこと考えてるって言えよ」

清佐は脳内だけで反芻していた。これは清佐の癖だった。そのときに抱いた意思を、頭に響かせる。

しかし清佐は、その無理難題を振り払うかのように体の向きを反転させ、再び学校に向かってゆっくり歩き始めた。その歩みは果てしなくゆっくりだった。

「追いかけて、エロいこと考えてるって言えよ」

際限なく、その意思が遂行されるまで、もしくはなにか別の興味深い事象が現れるまで、それは繰り返し唸るのだった。

「追いかけて、エロいこと考えてるって言えよ」

また脳の中で響いただけであるはずのその音声は、今回に限って清佐の鼓膜を揺らした。

「え」

つまり、誰かが具現化した肉声だった。そしてその衝撃は背後から訪れていた。

振り返ると、そこに、悪い笑みを浮かべたクラスメイトが立っていた。それは、クイズに間違えて答えていた、清佐が恥さらしで朽ちているというレッテルを貼りつけた男だった。

「おい、お前、今、どうしよっかなあって考えてたやろ。あいつと仲直りできるんやったら、前みたいに、うん、今日なんかずっとエロいこと考えてる、って言いにいこうかな、って考えてたやろ。背中にそう書いてあるわ。でもできへんよな。だって、喋りかけていいかどうかの主導権は向こうにあるもんな。もし喋りかけて無視されたら怖いもんな。ほんでお前、さっきカップル曲がるとこ見て、ほんまにエロいこと考えてたやろ。バレバレやで」

一気にまくし立て、朽ちた男は清佐の横を微かにぶつかりながら通り過ぎていった。

清佐は、振り返ったその向きのまま家に帰ろうかなと考えた。内面がきっちりと盗み見られたその顔を、学校に持っていきたくなかったのだ。しかも、よりによって、あんな底辺のレッテルを貼りつけられた男から罵られ、辱められ、もう教室に入っても、自分は底辺以下でしかないのだと落胆したのだ。

ただ、指摘は全て的を射ていた。清佐は弥太郎に話しかけるのが怖かった。そして、思春期らしい想像をしていた。

清佐はゆっくりと歩き出した。すれ違う同じ高校の生徒は、みんな怪訝な表情を顔に貼りつけていた。

その日、清佐は学校を休んだ。

◆◆

三月に入って、清佐は学校を遅刻しがちになった。家は定時に出るので、母には気づかれていなかった。かといって、クラスの誰かが心配している様子もなかった。

そうして迎えた修了式の日、清佐の乗った電車が学校の最寄り駅に到着すると、途端に清佐の足取りは重くなった。

電車の扉が開き、同じ高校の生徒がどっと降り、清佐もその流れに従うつもりだったが、濁流の中で川岸に引っかかったゴミのように、清佐は車内に残った。

間もなく扉は閉まった。

それからいくつかの駅に到着するにつれ、車内の乗客は徐々に減っていった。見慣れない車窓からの風景が次から次へと過ぎ去っていき、結局その電車の終着駅で清佐は降りた。そしてその駅にあったベンチに腰を下ろし、大きなため息をついた。

「すいません、お兄さん、100円恵んでもらえませんか」

顔を上げると、みすぼらしい作業着を着た、初老の男性が腰を曲げて立っていた。

清佐は、初めての状況に驚いて、目をきょろきょろさせていた。こういう人が所謂ホームレスなのかと勘ぐってみたが、そういう人なら駅の構内に入っているのはおかしいかなどと脳を空転させながら、特異な存在への対応に少し緊張した。

「お兄さん、学生さんかな。ちょっとおっちゃんに100円恵んでくれへんやろか」

「え、あ、いや、ちょっと」

「そんな焦らなくてもいいよ。おっちゃんはね、今はこんなんやけど、ちょっと前までは大金持ちやったんよ。そらもう部下もたくさんいててな。車も、ほれ、あのう、ベンツや、ベンツに乗ってたんやで。せやけどな、いっぺん便所に鞄置いたまんましょんべんしとってな、ほなその間に鞄盗られてな、それでもうみなパーや」

清佐は勇気を振り絞って質問した。

「その鞄に全部入れてたんですか」

「せやがな。現金からカードから会社の権利書から、もうなにもかもみなパーや」

清佐は、「みなパー」と言いたいだけの人だと、その話し相手を少し蔑んだ。ましてや、真実の回顧談とも聞こえなかった。

「すいません、今100円持ってないです」

清佐が落ち着いて嘯《うそぶ》くと、初老の男は真顔になってすんなり去っていった。それは頗る鮮やかな切り替えだった。

一人だけ殺風景に残された清佐は、自身を取り巻くその空間に、「100円」という言葉を浮遊させていた。その浮遊は意外にも短時間で、あっさり落ち着く場所を知っていたようだった。

向こうで細い背中を見せている初老の男に、「100円」は貼りついた。しかし清佐はもう一度、無理矢理「100円」を空中に浮遊させた。それはまた初老の男性のところに飛んでいき、初老の男性が手を上げたかと思うと、すんなりその手の中に溶け込んでいった。

清佐は気づいた。

「あの人は100円回収のプロや」

すなわち、どん底なのだった。どん底だからこそ、嘘をつき、恥じらいもなく、交渉相手の年齢も関係なく、なりふり構わず乞うことができているのだった。

それは清佐も同じだった。清佐はどん底だった。野球部では一番下手、クラスでは一人、女子からも半ば嫌われ、底辺だと思っていた男子からもばかにされ、まさに清佐は、あの初老の男と同じだった。

「どん底やと思ったらなんでも言えるのかも」

ただ自尊心の違いがあった。清佐は、勢いよく移りゆく境遇のせいで、自尊心を捨て切る誓いを実行できていなかった。

つまり、未だ弥太郎に100円の苦悩を打ち明けられていなかった。対して初老の男は、自尊心などなに一つとして関心がなさそうだった。自尊心よりも、もっと大事ななにかがあの肉体に詰め込まれているようだった。

そうして清佐は、半年前までの「親友」に話したくなった。性急に弥太郎の声を聞きたくなった。

「自尊心さえなくせば、なんでも言えそうや」

清佐は立ち上がり、学校に向かう決意をした。

学校の最寄り駅に戻るため再び電車に乗り込むと、雨の日の独特な生乾きの臭いが清佐の鼻を突いた。

雨は、傘が必要なのか必要ないのかよく分からないくらいの降り注ぎ方をしていて、少し毛の伸びた清佐の坊主頭を微かに濡らす。出遅れた通学路には、同じ向きに歩く学生はもうおらず、見慣れない大人たちが目の前から後方へと通り過ぎていく。

校舎が遠目に見えるところまで来ると、靄《もや》のかかった校舎から一時間目のチャイムがぼんやりと聞こえ、確実に遅刻であることを清佐は悟った。

また、その場所は三叉路になっており、清佐が通らないほうの道からは、ベースと詩織のような遠回りの男女が合流するのだった。そこを通過しようとした清佐は、ふとその遠回りの道を一瞥した。

すると、相当ゆっくり歩いたのであろう一組の男女が、一つの傘を共有して、お互い顔を向かい合わせながら、こちらに向かってゆっくりゆっくり歩みを進めているところだった。清佐は思わず立ち止まり、目を凝らした。

歩いて来たのは、弥太郎と玲子だった。

清佐の鼓動は激しくなり、顔は火照り、額や脇からは汗が吹き出し、少し強くなっていた雨か吹き出した汗かよく分からないものが、脳天から顔に滴り落ちた。

どん底ならばと意地を張り出した清佐だったが、それより下はないはずのどん底よりまだ下のとんでもない場所に叩きつけられたのだと、その場で泣きそうになった。

そして、この肉体が実は存在しておらず、地獄に落とされた罪人が受けるべき処罰を、今ここで甘受しているような気がした。

二人のなりゆきは瞬時に清佐の頭上に浮かんだ。おそらく弥太郎は、詩織の誕生日になにかしらの行動を起こしたと推測できた。しかしそれが失敗に終わり、確定的な失恋となり、それならばということで玲子に接近したのだろう。とりわけ、バレンタインデーに玲子からなにかを貰っていて、そのお礼としてホワイトデーになにかを返し、そのタイミングでこういう蜜月に発展したのかもしれない。

「取り残され」、「はみ出され」、「置いてけぼり」、「堕落」。

自身を端的に喩えるためのいろんな言葉が清佐の眼前に浮かんだ。

どれもみな情けない意味を含んでいるはずなのに、そのどれもが自身を表しているようでいて、もっと粗悪な言葉のほうがきちんと当てはまっているような気がした。

しかし、清佐には勇気があった。それは、かくれんぼをしていて森に迷い込んだ子供が、夜になって更に不安感を募らせている内に、一点の仄かな明かりを見つけて、その明かりに向かってただひたすら走っていく感覚に似ていた。

清佐はすでに、それしか頼ることのできない一点の明るい名言を得ていたのだ。

「どん底ならなんでも言える」

清佐は、止まるでもなく逃げるでもなく、向かっていった。

弥太郎と玲子の甘酸っぱい空間を目指して、闊歩していった。

清佐の視野に入る二人の姿が、徐々に大きくなっていった。もはや引き返すことはできないところまできた。二人は未だ気づいていないようで、相変わらずお互いの顔を向かい合わせながら談笑していた。

清佐は意を決して、大きく息を吸い込んだ。雨が強くなったような気がした。なにを訴えるということでもなかったのだ。なんでも言えるからには、台本は白紙のままでなければいけない。真っ白だった。

少し色素の薄くなった玲子の頬は綺麗だった。肩より少し上の髪先がかわいく揺れていた。清佐はつま先を踏ん張り、速度を上げた。

その瞬間、

「あ」

清佐のつま先は、こんな季節に落ちているはずのない棘だらけの栗に当たった。痛々しい栗は、玲子の足元を目がけて飛んでいった。清佐は咄嗟に立ち止まった。もうなにもかもが終わったと思った。時間がゆっくりと進み、清佐のメトロノームはゆっくりゆっくり旋律を刻んでいるようだった。

幸い、飛んでいった栗は玲子に当たることなく、玲子が履いている白いスニーカーのちょうど手前で止まった。弥太郎と玲子は目下の栗に気づき、その後、二人同時にゆっくりと顔を上げた。

清佐は二人を目指して駆け寄った。雨の中を、必死で、思考の隙を与えないように走った。そして二人の前に到着すると、すかさず雨の道に跪いた。

「ごめん。ほんまにごめん。許してくり。おれが悪かってん。許してくり」

清佐は自分の口がどう動いているのか実感できないでいた。

「や、弥太郎くん、中田さん、ごめん。おれ、いや、僕が悪かってん。栗蹴ったのも僕やねん。許してくり」

清佐はそれまで、弥太郎のことを名前や苗字で呼べたことがなく、ましてや特別な呼称を当てがったこともなかった。だからぎこちなく、「くん」が付随した。

「くん」はすぐさま雨の中を浮遊したが、どん底からの使命感がそれを弥太郎に貼りつけた。

清佐の膝にはズボン越しに雨が染み込んでいた。そんな膝が捉えた冷たさは全身に伝わったが、そんなことも構わないと思っていた。俯いた坊主頭には雨粒が次から次へと到来し、清佐の体温をより変化させたが、そんなこともなんら厭《いと》わしいものではなかった。ただ、こうやって底辺から詫びることに集中していた。

しばらくの沈黙が訪れ、清佐は微かな意識の中で、頭上からの声に期待していた。

そして雨音しか聞こえないその空間で、坊主頭を叩いていた雨粒の集団が途端に去っていった。しかし雨音は続いていた。顔を上げると、開いた傘が清佐の上に優しく差し出されていた。

「清佐、おれのほうこそごめん。もう立ってくれ。あ、立ってくり。今、ちょうど玲子とお前の話してたんよ。なあ」

「うん。だからびっ、くり、した」

玲子に目をやると、優しい微笑みと少し濡れ出した髪が清佐を励ました。

間違っていたのは自分だったのだ。弥太郎にしても、玲子にしても、以前から手を差し伸べる心積もりはあったのだ。

清佐だけが、それを拒否していたのだ。いや、臆病な気質が邪魔をして、差し伸べられた手にこちらから手を伸ばせずにいただけなのだ。

あのときもそうだった。傘の先で背中を突《つつ》かれ、「お前、エロいこと考えてるやろ」と手を差し伸べられたなら、あのクラスメイトが見抜いたように、「ずっとエロいこと考えてる」と伝えに行くべきだった。

あのとき、玲子が「一人で悩まんと、なんかあったんやったら言って」と悩みを共有してくれようとしたとき、微笑んで「ありがとう」と返すべきだった。

そして、今まで、無駄な冗談など考えもしなかったのだ。身を守るための冗談はあったが、なんら生産性のない冗談は発したことがなかった。咄嗟に口から出た冗談が、その空間を途端に柔らかいものに変えていた。

そこまで思考が辿り着くと、清佐は立ち上がり、二人に微笑みかけた。

「ありがとう」

それから、清佐は下に落ちていた栗を拾い、

「痛っ」

「ははは、ははは」

「ははは、ははは」

「ははは、ははは」

三人で遅刻する通学路を、湯船ではしゃぐ子のような若い菜の花が見送っていた。

学年最後のホームルームで三人まとめて遅刻を咎《とが》められたことは、清佐にとっては清々しいものだった。

その後、清佐が手にした成績表には、二学期から徐々に落ちていく数字の群れが顔

を並べていた。それは、先ほどの清々しさを払拭するくらいの見事な右肩下がりであり、そこそこの進学校に通い、大学受験を控えている身としては、全く喜べるものではなかった。そして清佐は刹那にその最たる理由に思い至るのだった。

「ちょお田中、100円貸してくれんか」

半年を過ぎても薄まることのない低い声色が、頭の中で再生した。

学校生活における様々な悩みをまさに打開しようとした今でさえ、その悩みの源となっているあの100円こそ、未解決のままだった。

しかし、すでに清佐はどん底からの這い上がりを習得していた。つまり、過去には抱擁してやまなかった、卑しい自尊心を捨てることができていたのである。

噛み終わって味がなくなったガムのように、もはや自尊心は清佐の体内から存在感を失っていた。

すべてにおいて清佐の能動性を遮っていたのは自尊心だった。

ならば、清佐が最も解決したかったこの厄災を瓦解《がかい》できるのは、今かもしれなかった。

その日の課程は午前中で終わり、野球部の練習は午後からとなっていた。それまで少しあいた時間を、清佐は弥太郎と過ごすことにした。近くに人がいない学食の隅で、話せなかった半年間のあれこれを話せるのは有意義だった。すでに雨は止んでいた。

「ほんで、中田さんとはいつから付き合ってんの」

「付き合ってないで」

「え」

清佐は箸で摘んでいた卵焼きを落としたが、弥太郎はなにもなかったようにカレーライスを頬張っていた。当然のように清佐は莫大な疑問に苛まれた。

「え、なんで。一緒に学校来てたやん」

「せや」

「え、ほな付き合ってるんちゃうん。めっちゃ仲良さそうやったし」

「そうかな。別に付き合ってへんで」

「なんで。なんか前に中田さんは、ほら、その、自分のことが好きやって、自分で言ってたやん」

「そうや」

「ほな付き合ったらええんちゃうん」

「だって清佐。お前、玲子のこと好きなんやろ」

弥太郎はカレー皿の横に置いてあった水を飲み干し、清佐の目を見つめながら口を開いた。

「友達が好きやって言うてる女と付き合ったらあかんやろ」

確かにあのとき、昼間の部室で、玲子のことが好きだと口走ったことがあった。目の前の「親友」は、疎遠になっているときですら、友を思いやってくれていた。

それに比べて、清佐はなに一つ思いやることなどせず、ただ悔しさを募らせ、自分の身を案じ、世界一不幸な人間なんだと意固地になっていたのだ。

心の底から弥太郎は親友だと思った。過去に、こいつは恋愛とかいやらしい話しか興味のないやつだと決めつけていたことを猛省した。自分に惚れている女子と軽々しく蜜月になったと予想したことを恥じた。この先なにがあっても、この人は正しい人だと脳に刻印し、定義づけた。

しかし、定義づけするや否や、それまで抱かなかった根本的な疑問が生まれ、清佐の脳にぽっかり穴が空いた。

どうして弥太郎は、こんな情けない男と接してくれるのだろう。

約半年の空白があったとはいえ、それまでや今この瞬間、いや、半年の話せなかった時間があってもこんな男を友達だと思ってくれるのは、どうしてなのだろう。

清佐は、自身の利点を弥太郎はどこに求めてくれているのか気になり、単純な意識に任せて尋ねてみた。

「なあ、なんでおれと連れ添ってくれてんの」

「え、なんでって、まあ、ええやつやし、楽やし」

答えはすぐに返ってきた。その速さに不信感を抱かないわけではなかったが、清佐は大いに納得できた。

「ええやつ」と「楽」。

確かにそんなものだった。友情を育《はぐく》む相手を選定する基準など、その程度の感覚でしかないはずだった。「家が近い」や「教室での席が近い」など、もっと出鱈目《でたらめ》な選定基準がある中で、「ええやつ」「楽」は、もはや崇高な称号だった。そしてそれらは、穴の空いていた清佐の脳にすっぽり鎮座した。

清佐は今だと思った。

「あの、や、弥太郎、ありがとう。ほんで、今まで悩んでたこと、話していいかな」

「うん」

弥太郎は持っていたスプーンをカレー皿の上に置いて、清佐の目を見据えた。

「おれな、半年前にベースに100円貸してん。ほんでな、いつ返してくれるんやろなあ、って思っててんけど、なかなか返してくれへんかってん。ほんで、こっちから返してって言おうかなとも思ってんけど、たかが100円やし、よう言わんかってん。ほんで、ベースから詩織ちゃんにチケット返してくれって頼まれたときに、このチケット売ったらお金になるわって考えて、返そうかどうしようか迷ったりしてん。でもな、それはやっぱりあかんことやって思って、詩織ちゃんに返そうとしてん。でも、弥太郎が詩織ちゃんのこと好きやって言ってたからよう言わんかってんけど、そのチケットって、詩織ちゃんがベースのこと好きで、それで詩織ちゃんがベースに渡したチケットで、そんな思いで渡したチケット返されるのって詩織ちゃんも辛いやろなって思って、それでなかなか返せなくって、ほんで、ややこしいことになってん。

せやのに、あいつ、あいつ、あいつ」

胸が不規則な動きをし出したが、ぐっと堪えた。

「あいつ、おれらのとこ来て、なんか正義の味方ぶって、おれに文句言ってきて」

そこまで吐き出すと、清佐の胸は自身で宥《なだ》められなくなり、いくら抑えようとしても、両目には涙が滲んだ。

「ほんで、その100円は返してもらったんか」

優しく微笑みながら尋ねてくれた弥太郎の顔は、菩薩のようだった。

「まだやねん」

菩薩の慈悲に肖《あやか》った清佐の意識は、「まだ」と発することができた口に集中し、手錠をはずされた囚人のようにその解放感を堪能した。

「まだなんか。それは返してもらわなあかんな。あ、ほんで、おれ今日、玲子と一緒に学校行ってたんは、昨日、玲子がおれになんか相談があるって言ってきたからなんよ」

瞬時に清佐の脳には、あ、100円の話はあっさりで、また女の話に戻された、との観念が浮かび上がったものの、つい先ほど刻印された定義づけが、そんな邪念を弾き飛ばした。ただ、胸の高鳴りは冷めていた。

「なんの相談やったん」

「うん、それは、詩織のことやねんけど」

「あ、そうなんや」

聞くと、詩織はベースと別れたがっているが、それを本人に告げられないでいるという内容だった。

清佐の頭には、つくづく詩織という女は勝手な女だと憤りが込み上げそうになっていたのだが、やはりどん底の人間らしく、その憤りをさらっと放流した。十七歳の付き合いなんて、そんなものなのかもしれない。

「でも、なんでそれを弥太郎に相談したんやろ」

「それはやな、なんて言うか、まあ裏腹っていう気持ちもあるんかな。玲子はな、なんとなくおれが詩織に惚れてることを知ってて、知ってるからこそ、玲子からするとあの二人に別れてもらいたくないんよ。だって、あの二人が続いてたら、いつかおれは詩織を諦めるやろ。おれが詩織を諦めてる状態のほうが、玲子にとっては都合いいんよ。あの二人お似合いやんな、ってしきりに言ってきてたし」

清佐はどん底の役なんか演じていられないくらい、その弁論を聞いているのが苦痛になってきた。目前の論者は、玲子が自分に好意を抱いていることを大前提として雄弁を放っているのだ。

だからただ、がむしゃらに崇高な定義づけを守った。そしてなにも気づいていないふりに徹底した。

「ていうことは、その相談っていうのは結局なんやったん」

「相変わらず鈍感やな」

弥太郎のあしらい方に、清佐はいらっとした。

「だから、簡単に言うたら玲子はベースに変わってほしいんよ。ベースって学校の行き帰りは詩織と一緒やけど、それ以外は野球一本みたいなやつやん。でも、もっと詩織はベースに相手してほしいから、誰かやんわりそういうことをベースに伝えてくれへんかな、っていう相談やん。でも、おれそんなにベースと接点ないし、そこで清佐やったらベースともおんなじクラブやし、うまいこと伝えてくれるんちゃうかっていう話になったわけよ。まあ、話し込み過ぎて遅刻したけど」

ベースと詩織がうまくいっていないことを意外に思いつつ、つい今しがた構築した定義づけは、音を立てて崩れそうになった。こんな無責任な会話を、朝の通学路でしていたなんて、しかも男女二人で、こちらはどん底から謝罪して這い上がろうとしたのに、人の気も知らずに、と、途方もない不平の文言が入れ替わり立ち替わり清佐の脳を穢した。

また、半年の苦悩はなんだったんだろう、と虚しさに襲われた。こちらは仲良くしてほしいけど意気地がないから仲直りできない、あちらは仲良くする必要はないけどいつでも仲直りできる、という襷《たすき》掛《が》けのような行き違いの構図がすぐに脳裏を占領した。ただそんな話題になっていたからこそ、ただ清佐以外の人間が潤滑に循環するためだけに、あの雨の中の謝罪は受け入れられただけだったのかもしれない。

まさに補欠。詩織やベースや玲子や弥太郎などのレギュラー選手に使用人として扱われる補欠。

それだけでなく、清佐が半年のときを経て、それこそどん底から這い上がるつもりで勇敢に打ち明けた100円に纏わる話題は、遥か彼方に淘汰されていた。途端に定義の防波堤は崩壊し、懐疑の濁流が清佐の全身に溢れ出した。

そして、その受難に対して、自尊心の放棄を源流とする活力が発揮されていたようで、知らないうちに口や喉や腹や脳や目や眉間は動いていた。

「お前な、前からずっと思ってたけど、その性格なんやねん。なんでおれが悩み相談したらちゃんと乗ってくれへんねん。いつも女の話ばっかりしやがって。おれはお前なんかよりもずっと繊細で、いつもお前のことを考えて、お前がこんな話をしたがってるのかなって思ったら、ちゃんと聞いてあげてるねんぞ。割に合わんやろ。なんでおればっかりこんな目に遭わなあかんねん」

清佐は本当に言った。

「は」

「は、てなんやねん。お前どんな性格してんねん。大丈夫か」

「いやいや、ちょっと待てよ。だから清佐の相談したい悩みってなによ」

「え」

今度は清佐が詰まった。弥太郎は、清佐の悩みを理解していなかった。

「なんかえらい剣幕で捲《まく》し立ててるけど、悩みってなんなん」

確かに、至極当然の質問だった。冷静に考えてみると、誰だって、たかが100円でこんなに悩むはずがない。だから、それを核なる悩みと捉えるほうが困難なのだ。

清佐は、自分という個体と、他人という団体の、大いなる差異を感じた。透明の頑丈なビニール袋に入れられた自身が、その外の往来に混ざろうとして、透明ゆえに一見馴染んだように見えたとしても、本質はビニールの隔たりによってなんら共有できていないのだと悟った。

脳だけが回って口が回らない清佐を気遣うように、弥太郎が口を開いた。

「もしかして、清佐、ベースにめっちゃ金貸してんのか」

一歩だけ本件に近づいてくれた弥太郎だったが、その推測は結果的に、より一層、清佐を矮小化《わいしょう》させるものだった。しかしやはりこの推測のほうが普通なのだ。この手の悩みは、おそらく1万円程度が相場なのだろうと思われた。

間もなく清佐は、100円ごときで半年間も悩んでいる情けなさを念押しさせられようとしていた。そして、親友から貶される運命を目前に背負っていた。

「いや、100円しか貸してへん」

どん底の精神で、もう正直に白状した。

「ほんだら、なにで悩んでんねん。女のことか」

また遠退いた。しかしもう右往左往するのは懲り懲りだった。

「いや、だから、100円を返してもらえへんことを、悩んでんねん」

少し前の清佐なら、絶対に口から出せない言葉だった。そこから、予期したとおりの沈黙が訪れた。

それは長く、しかし流れは速く、草花の成長を時短で見ているかのような感覚だった。半年にわたって録画した映像を、高速再生して数秒間で観ているようだった。

「なんでそんなことで悩むの」

予期したとおりの質問が降りかかった。しかし、もう引き返すことはできなかった。

清佐は子供が初めてプールに飛び込むときのように思い切った。

「たった100円やで。だから、返してって言いにくいねん。普通は向こうから次の日に返してこなあかんと思うねん。ほんでずっと返してって言わんかってんけど、やっぱり返してほしいなって思ってて。でもなんか、何日か経ってから返してって言うたら、なんかずっとそんなしょうもないこと気にしてるやつやって思われそうやし、小さいやつやなって思われそうやから、またおれ、ずっと言われへんようになってん」

「100円くらいやったら、おれ、あげよか」

「そういうこととちゃうねん。ベースから返してもらわなあかんねん。そう、相手はベースやねん。野球部のエースやねん。かっこええねん。もてるねん。強いねん。そこがまた言いにくい原因やねん。そんなやつに、たかが100円返せなんか、おれみたいなやつは言ったらあかんような気がするねん。おれなんか、補欠やで。野球部でも一番下手やで。そんなおれにベースはたまに喋ってくれるねん。そんなことしてくれるやつに、たった100円を請求するなんか、割におうてへんと思うねん。やったらあかんことやと思うねん。でも、気になるねん。返してほしいねん。絶対に返してほしいねん。だってな、だってな」

清佐はそこまで言うと、大きく息を吸った。

「だってな、元はおれのお金と違うねんで」

もう一度大きく息を吸って、大声にならないように喉を計らいながら清佐は言った。

「元は、おかんのお金やねんで」

弥太郎は目を丸くして、大人しく聞いていた。

学食内の景色は、清佐たちが入ってきたときよりは人が増えていたが、それほど変わりはない。そこにいるのは午前中で学校が終わることに高揚している生徒がほとんどで、二人の異質な空間に気づいている者は一人もいない様子だった。

そんな学食内に侵入してきた湿り気のある穏やかな風が、清佐の頬を撫で、弥太郎の茶色い髪先を揺らしていた。

清佐の両親は、一年前の三月に離婚をした。

清佐の父は、昭和の戦後からバブル期を駆け抜けた地域密着型の印刷会社に勤めており、清佐が中学に上がった頃からは、得意先の接待とやらで、帰りはいつも零時を越えていた。それくらいの時期から、清佐は両親の間に亀裂《きれつ》が入っていく事態を重く受けとめていた。

清佐にとっても、父と話す機会は徐々に減っていった。対立することはそんなになかったのだけれど、父との間になにか異質な壁が築かれつつあるのを実感していた。

そして清佐が中学三年の秋に、父の会社は倒産した。その影響が家庭に及ぶのを懸念したのだろうか、清佐の父はあまり家に帰らないようになった。そして、母は駅前のスーパーでパートを始めた。

清佐が高校に入ると、父は愛用していた乗用車を手放した。車自体はそんなに高くないのだけれど、近くに借りているガレージの月極費用ですら削減しているのだと推測できた。そしてそれから父が帰ってくるときはいつも、白い軽トラックを門扉の前に停めるのだった。

清佐が二年に上がろうかという時期から、家の中にあった父の荷物は徐々に減っていった。その頃から、清佐の中では、父に対しての「父」という認識がなくなっていった。その人は、ただの「大人の男性」という概念に変わってしまったのだ。

やがて清佐が母に尋ねてみると、戸籍上もそういう状態に替わったことを知らされた。父がどこで暮らしているのかは分からなかった。それを母にも聞くことはできなかった。ただ、どこかで生活をしているようだった。

なぜなら、ナンバーが１００という特徴的な白い軽トラックを清佐はよく見かけていたからである。

朝の雨雲は嘘のように遠ざかっており、学食の窓からは、遠くの畑で、黄色い花をつけた菜の花が規則正しく揺れているのが見えていた。

「清佐、ごめん。おれ、全然お前のこと理解できてなかった」

「いや、謝ることないで。おれのほうこそ、今まで黙っててごめん」

「清佐も謝ることないよ。誰だって一つや二つ、拘《こだわ》りっていうもんがあるもんな」

サー、サー、サー、サー。

ベースが学食に入ってきた。一瞬、学食内が静かになったような気がした。そして再び賑やかさを取り戻した。

「おい、清佐。ベース来たぞ。100円のこと、言いにいこうぜ」

「そ、そうやな。でも、おれ一人でいくわ」

清佐は席を立ち、続けて立とうとする弥太郎を制しながら、ベースのもとへと向かった。

ベースは、また数人のクラスメイトを引き連れて、学食の中央に陣取った。清佐の足取りは、もはや兵隊のように毅然としていた。

清佐は躊躇いなくベースの横で足を止めた。違和感のある清佐が横に立つと、その違和感を察知したベースは顔を清佐のほうに向けた。

「なんや」

低い声が、清佐の全身に響いた。

彼岸花が枯れるまでには解決できなかったが、菜の花が枯れる前には解決できるかもしれない。

外はすでによく晴れており、遮断されることのない日光が学食の窓から侵入して、侵入した光は清佐やベースやその他の生徒にも満遍なく反射していた。角の窓側に座っていた弥太郎だけは、まともに日光を浴びて、他の生徒よりも輝いていた。

「なあ、ベース。おれ、ベースに100円貸したんやけど、覚えてるかな。もう半年も前になるねんけど、ベースがクラスメイトのお見舞いでお金集められてて、そのお金がないから、おれのところに100円借りにきたんやけど、覚えてないかな。おれな、ずっと、ずっと、いつ返してくれるんかなあって思っててんけど、もう全然返してくれへんし、多分もう忘れてるやろうから、三年なる前に言うとこって思って。なあ、100円返してくれへんか」

清佐の頭には「言えた」の文字が無数に飛び交った。そしてその言葉のいくつかは、清佐の頭を飛び出し、日光に照らされている弥太郎の頭に貼りついた。それまで気づいていなかったのだけれど、玲子と詩織も学食内でカレーライスを頬張っているのが見え、玲子と詩織にも「言えた」は貼りついた。気がつくと、そこら中にいる生徒全員に、「言えた」は貼りついていった。

清佐は、大きく深呼吸して、しっかり、そして落ち着いて纏めた。

「ごめん。しょうもないことかもしれへんけど、100円返してくれ」

「いやや」

「は」

清佐は時間が止まったと思った。菜の花の揺れがなくなったと思った。日光は雲に遮られたと思った。そう思ったのと同時に、日光は雲に遮られ、学食内の輝きはなくなった。

「お前な、覚えてないんか」

ベースは子を諭す父のように話し出した。

「おれがお前に100円借りにいったんは、九月二十五日や。その二日前の九月二十三日に、お前、おれから100円借りとんねん。それ覚えてないんか。秋分の日や。その日の練習終わって帰ってるときにな、おれがジュース買おうと思って財布から100円出したら、それうまいこと自販機に入らんかってな、下に落ちたんや。それで地面に転がっていってな、お前の前で止まってん。ほんでお前、それ拾ってな、なんて言ったか覚えてないんか。お前、それ貸してくれ、って言ったんやで。それで、おれ、貸してやったんやで」

清佐の足は震えすぎていた。

「田中、お前な、おれから100円借りといて、次の日に返さんかってんで。練習試合で顔合わしてんのに。それでな、おれはな、あ、こいつ忘れてるわ、って思ってな、ほんでおれ、その次の日お前に100円借りにいってん。いや、取り返しにいってん。取り返しやねんけど、100円返して、ってお願いするのもダサいからな。だから、貸して、って言うたんや。お前の九月二十四日の態度なんかはもう、なんにも借りてなかったかのようにおれに擦り寄ってきて、こういう練習試合より体育のソフトが一番楽しいだの、昨日のテレビでエロいのやってただの、おれにとってどうでもええことばっかり言ってきて、こいつ、お金のこと誤魔化そうとしてんのか、って思うくらいやったんやぞ。お前は、おれが金返さへんって思って半年間悩んでたんか知らんけど、返さへんのは当然やねん。今でチャラやねん。半年間ずっとチャラやねん。教えといたるわ。おれは、お前が１００円借りたこと忘れてるなって思ったから、二日後に解決させてん。ずっとうじうじするの嫌やからな。でもお前は、半年も解決できんかってん。なんでかっていうたらな、お前が金借りたこと忘れるくらい愚かなやつやからや。金の貸し借りをちゃんと覚えてるやつは、ちゃんと筋の通った取り立てができるねん。お前が取り立てできへんのは、お前が金に疎《おろそ》かなやつやからや」

清佐は震えながら思い出していた。遠い記憶の彼方に、数多《あまた》ある記憶の本棚に並ぶ本の、一番下の隅の隅にある秋分の日の細やかな光景を、鮮明に蘇らせていた。

「昼と夜の時間が大体おんなじぐらいになるねん」

「暑さ寒さも彼岸までっていうねん」

「親、離婚して、小遣いも減って、全然金ないねん」

「この１００円、借りたらあかんかな」

「やった、チェリオのでかいやつ買お」

「親父が出ていって、今おかんと二人やねん」

現実世界では、ベースがひっきりなしに捲し立てていた。

「お前、おれが中田に110円返してるとこ、羨望の眼差しで見てたよな。知ってるで。おれにも返してくれって言いたかったんやろな。でも、そんときもチャラやってん」

ベースは少し笑顔になった。それはあからさまな嘲笑だった。学食内の生徒たちは、ちらほらこちらを向き出していた。清佐の全身は悲鳴を上げ始めていた。

「あと、お前、おれが詩織に5000円渡すのも間近で見てたよな。まあ、わざと見せてたようなもんやけどな。お前がどう思うかって。悔しかったやろ。そら悔しいわな。お前は100円ごときを返してもらえてなくて、他の子が5000円も返してもらえてるねんもんな。なんでそれを見せたか分かるか。お前がおれに100円を返さんかったからや。いや、100円借りたことを忘れて、のほほんとしてるのが許せんかったからや」

清佐の脳天は打ち砕かれていた。

ベースはベースで悩んでいたのかもしれなかった。

ベースも清佐と同じく、いや、清佐以上に小さい人間だったのかもしれなかった。

清佐は、目の前に屹立する黒い肉体を、物理的にも精神的にも不気味な存在だと、赤みのなくなった唇を震わせはじめていた。

「せやけど、一回おれ、おしるこ買おかなって思って、100円落として、ほんでお前が拾ったときは、さすがにお前からなんか言われるかなって構えてんけど、そんときもお前なんも言わんかったから、あんときはもう全部おれから言うたろかなって思ったわ。言わんかったけど」

暗がりにぽつんと浮かんだ自動販売機のあの記憶は、現実よりももっと遠くてくすんだ記憶の断片と断片を練り合わせただけの、虚偽世界であるかのように思われてきた。

「お前な、補欠やからって、甘えてたらあかんぞ。人には人として、守らなあかんことがあるねんぞ。おれはピッチャーをやって、野球部を引っ張っていって、やるべきことをやってるねんぞ。お前はなにをやってるっていうねん。なにを守ってるっていうねん。100円借りたことを覚えておく、っていうことですら守れてへんやん」

もはや学食内の生徒たちは、全員がこちらに目を向け、意識を集中させていた。ベースのこんな血管を浮き立たせた表情は見たことがなかった。

とにかく、清佐は負けていた。初めから負けていると思っていた相手に対し、思う存分、負けていた。記憶力で負けていた。人に対しての話し方で負けていた。細かいことで悩む繊細さについても負けていた。そして、それを瓦解する手段についても負けていた。

ただ、恥をかいていることについては、誰よりも勝っていた。それはつまり、いつもどおりだった。学食の中央でスポットライトを一身に浴びていた大根役者は、以前より少し勇気はあったのだけれど、誰が見てもいつもの清佐だった。

「ごめん」

涙は涸《か》れていたようだった。代わりに空は泣いてくれているのかなと外を一瞥してみると、随分前から雨は止んでいた。

泥んこのグラウンドで、清佐はいつもどおりエラーをして、なかなか過ぎない時間の鈍さに顔を歪めていた。しかし、試練の天井を意味するのか、その日の練習は日が沈む前に終わった。

まだ明るい帰路では、清佐は一員のふりをしながら、それでいて一員ではない孤独を当たり前のように甘受しながら坊主頭たちの一番後ろを歩いた。いつかのように距離も開いた。いや、それはいつかのことだけではなく、いつものことだったのかもしれない。

そしていつものように電車に乗り、いつものように一人、いつもの駅で降りた。団体競技のはずなのに、孤独だった。

いつも駅前に停めている自転車を探そうとしたのだが、その日の朝は雨で、母に駅まで送ってもらっていたのだった。清佐は、駅から自宅まで歩くことにした。

半年間の休息に入っている田んぼの群れを横目に、これからの作物が誇るであろう栄華を想像した。川沿いの道に出ると、想像上の栄華が具現化されたように、道端には黄色い菜の花が一斉に咲き誇っていた。目の先には夕日が出ていて、西日の強さに清佐は目を細めた。

一年前にこの道を歩いていたことを思い出した。あのときに見た白い月と、白い軽トラックは、どちらが幻でどちらが現実であったのか、思い出せないでいた。ただそのときも、抱いていた苦しみを書き記しておいたのはぼんやりと覚えていた。

そんな悲観的な生き方をしているから、記憶力が劣っているのかもしれなかった。

「お前の境遇だったら、誰だって悲観的になるよ」

清佐は、脳内に甘い囁きを響かせた。囁きは細く、細さは田んぼの縁に整列するあの花を蘇らせた。

秋の彼岸になると、葉や枝で方々に威張ることのないまっすぐな茎に、鮮やかな赤でありながら高級感に欠ける花冠を頂き、それだけならまだいいのに、それでいて有毒だという彼岸花の境遇。その境遇に、清佐は自身を重ね合わせた。

いつもと変わらない内面が、活発な世界に呼応することなく、虚しく孤立しているようだった。思わず振り返ると、そこにはただ風景があった。

勝手口を開けると、既に日は沈んでいたようで、家の中は薄暗くなっていた。

清佐は台所の照明をつけ、そのままいつもの椅子に座った。しばらく食器棚に映った顔を眺めていた。

「ただいまどすう」

清佐の胸に内包されている心臓は、なにかしらの準備を始めたようだった。

「おかえり」

「どうしたん。悩んでるやん」

「別に、そんなことないで」

「いいや、悩んでる」

母は、持っていた買い物袋を食卓に置いて、一玉のキャベツを取り出し、流し台のほうを向いて夕食の支度を始めた。

慌ただしく水道の栓を捻り、それをぎゅっと閉め、やがて包丁の音をコンコンコンと律動的にはためかせながら話しはじめた。それは母の慣例だった。

「人間はな、忘れるねん。大事なことも嫌なことも。忘れるから怒られることもあるし、忘れるから都合のええこともあるねん。悩んでてもな、いつか忘れるねん。それやったら悩んでもええやん。誰でも悩むねんから。悩まへん子のほうがおかしいねんから。まあ、あんたは優しい子やから、他の子よりも悩むねんやろうなあ」

清佐の心臓は木魚のような音を立てていた。

「あんたは自分のことより、友達のことを優先してあげる子やろ。友達が悩んでたらちゃんと聞いてあげて、でも自分の悩みはあんまり言わへんのやろ。それはな、意気地がないのやなくて、あんたが優しい子やからやで。自分のことなんか後回しにして、友達のことばっかり考えてあげてるんやろ。あんたの友達は幸せやと思うわ。あんたは友達のためやったら、自分はどん底に落ちてもええと思ってる子やもん。偉い子やわ。ほんでそういう優しい偉い子はな、たまに仲間はずれにされるねん。辛いやろう。切ないやろう。悔しいやろう。優しい子はな、あいつは優しいからちょっとくらい酷《ひど》いことしても怒らへんやろうし、まあ酷いことしてもええか、って思われてしまうねん」

木魚のようだった鼓動は、セメントの上に放り投げられた魚のように暴れていた。

「まあ、あんたの他にも中途半端に優しい子もぎょうさんおるやろうけどな、そういう子はいざというときになったらあかんねん。周りから優しいって思われてるだけでな、いざとなったら自分のことで必死になりやるねん。めんどくさいことがあったら、人に任せやるねん。せやけどあんたは、そんなことせえへんと思うわ。しよ思っても、できへんと思うわ。あんたはそういう子やわ。でもな、そんな子が一番人間ができてるねん。お母さんそう思うわ。ほんであんたは、人を傷つけることを言える子やないわ。せやけど、人を傷つけることを言う子っておるやろ。あんたは、そんな子に、人を傷つけることを言わせてあげて、徐々にそんな子に大事なことを気づかせてあげられる子やわ。大事なことっていうたら、まあ、思いやりとかかな。見ててみ。もうちょっとしたら、あんたの周りの子ら、みんな優しいええ子になってるわ。あんたは自覚ないかも分からへんけどな、知らん間にあんたはそういう人間になっていってるねん。ほんで、そういう人間も必要やねん。名は体を表すって知ってるやろ」

暴れていた心臓が漣《さざなみ》の海に戻され、また別の激しい躍動を生んだ。

「清佐っていう名前はな、そういうことやねん。生き方が清くてな、ほんで佐はな、人を助けるっていう意味やねん。補佐っていう言葉あるやん。あの佐やろ。補佐って、補って助けるっていうことやねん。せやからあんたは、誰よりも人を助けてあげられる子やねん。清佐やもん。清く助けてあげてるねん。お母さんの誇りやわ。あれ、どうしたん」

清佐は二階へ飛び出し、部屋の布団に潜って、子供みたいに泣いた。

情けなくて、申し訳なくて、でもありがたくて、母の思いやりにどう応《こた》えていいか分からなかった。

自分は成長していないただの甘えたな子供なのかと思った。

しかしその後、自分は既に成長した己に厳しい大人だと思った。なぜなら、ずっと心臓に貼りついていた「補欠」のレッテルは剥がれ、替わりに「補佐」のレッテルが貼りついていたからである。

母は清く助けるのが清佐だと教えてくれた。

密かに自信を持っていた神経の細かさでも敗北し、唯一つ残されていた微かな誇りの灯火を消されて抜け殻になっていた清佐を、母は救ってくれた。新たな誇りの火を灯してくれた。清佐は、他の誰よりも、人を助けていた。

泣き止んだ清佐は、人助けを追求し、他を圧倒する優しさを誇りにすることを誓い、そして刹那に他を圧倒するなどという醜い思想の部分を排除し、母と同じような優しさを体得することを誓い、深い呼吸で蠢《うごめ》いていた胸を整えた。

透き通った視線の先には、本棚に納まっている花図鑑があった。

清佐は、まだ一度も手に取ったことのないそれを取り出し、彼岸花のページを探った。そこには求めていた文言が、求めていたとおりに並んでいた。

田を荒らす動物がその鱗茎《りんけい》の毒を嫌って避ける。稲穂を守る忌避のために彼岸花は植えられたと考えられる。

「ご飯できたどすえ」

母と二人で摘むカニクリームコロッケは、おそらく世界で一番優しい食べ物だった。蟹の身は少なめだけれど、その分ふかふかのクリームが口の中で雲のように広がっていった。母はご飯の湯気に霞みながら、カニクリームコロッケと菜の花のおひたしを交互に頬張っていた。清佐は改めて、その人から産まれたことに感謝した。

いつもどおりの晩飯が並ぶ風景は、いつもどおりに清佐を包んでいた。

「カニクリクリクリクリクリームコロッケおいしいな」

ルーズリーフのその後

40歳になった清佐は、ぬるくなった缶チューハイを飲み干すと同時に、ルーズリーフの束を読み終えた。

「こいつ、あほと違うか」

＊この物語はフィクションです。
実在する人物、店、団体等とは一切関係ありません。

笑い飯 哲夫

1974年奈良県出身。関西学院大学文学部哲学科卒業。2000年に西田幸治とお笑いコンビ「笑い飯」を結成し、2010年にM-1グランプリ優勝を果たす。

純文学に精通し、愛読書は三島由紀夫作品。

著書に『えてこでもわかる 笑い飯哲夫訳 般若心経』(ヨシモトブックス)『ブッダも笑う仏教のはなし』(小社)などがある。

銀色の青

2018年 11月 5日 初版発行
2022年 3月30日 第3刷発行

著　者　　笑い飯 哲夫

発行人　植木宣隆
発行所　株式会社サンマーク出版
〒169-0075 東京都新宿区高田馬場2-16-11
(電話) 03-5272-3166(代表)

印刷　中央精版印刷株式会社
製本　株式会社若林製本工場

ISBN978-4-7631-3721-0 C0093
ホームページ http://www.sunmark.co.jp